国家出版基金项目
NATIONAL PUBLICATION FOUNDATION

十二五国家重点出版物出版规划项目

走向世界丛书

主编　钟叔河　曾德明　杨云辉

FROM EAST TO WEST

王咏霓道西斋日记
张元济环 游 谈 荟

刘柯　校点

岳麓書社·长沙

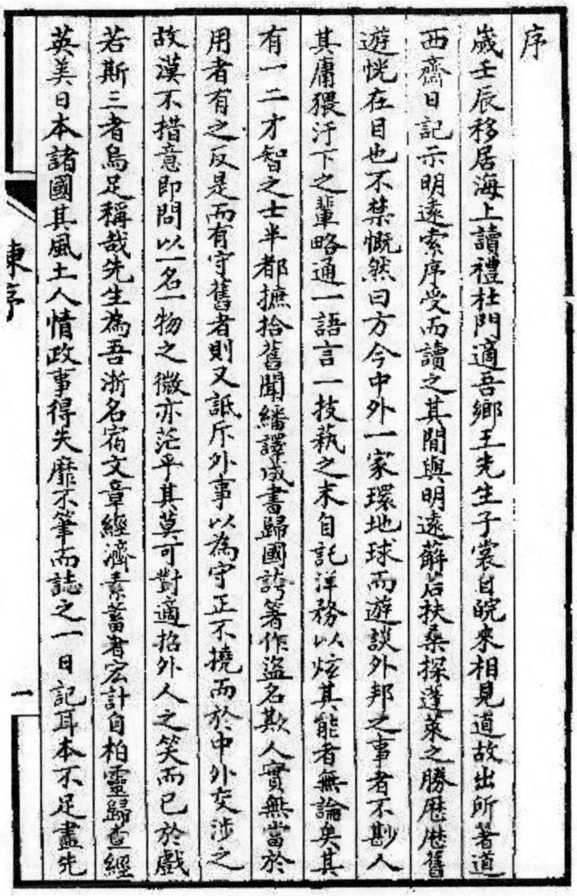

序

歲壬辰移居海上讀禮杜門適吾鄉王先生子裳自皖來相見道故出所著道西齋日記示明遠索序受而讀之其間與明遠萍居扶桑探蓬萊之勝歷歷舊遊怳在目也不禁慨然曰方今中外一家環地球而遊談外邦之事者不尠人其庸猥汗下之輩略通一語言一技藝之末自詡洋務以炫其能者無論矣其有一二才智之士半都摭拾舊聞繙譯成書歸國誇著作盜名欺人實無當於用者有之反是而有守舊者則又詆斥外事以為守正不撓而於中外交涉之故漠不措意即問以一名一物之微亦茫乎其莫可對適招外人之笑而已於戲若斯三者烏足稱哉先生為吾浙名宿文章經濟素蓄者宏計自柏靈歸查經英美日本諸國其風土人情政事得失靡不筆而誌之一日記耳本不足盡先

東序　一

道西斋日记书影

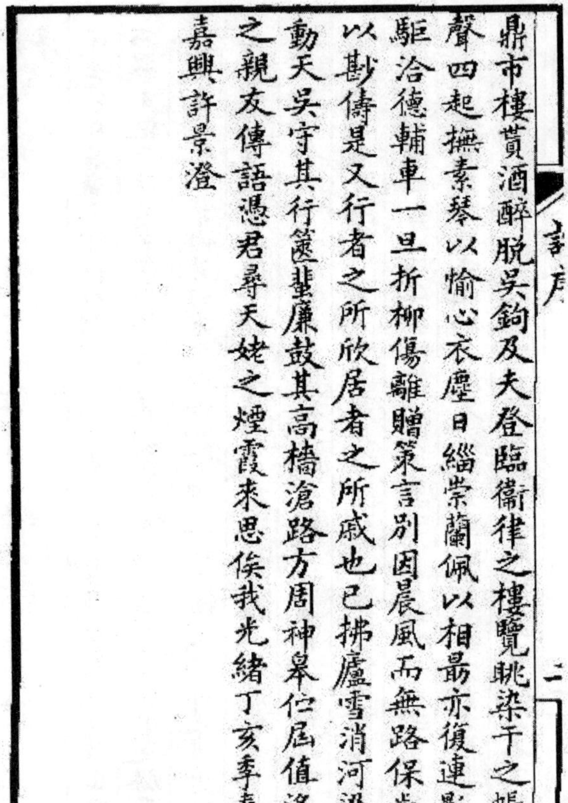

鼎市樓貰酒醉脱吴鈎及夫登臨衞律之樓覽眺桒干之悵邊聲四起撫素琴以愉心衣塵日緇崇蘭佩以相勗亦復連影蛩駏洽德輔車一旦折柳傷離贈策言别因晨風而無路保歲寒以尌儔是又行者之所欣居者之所感也已拂廬雪消河梁塵動天吴守其行篋蜚廉鼓其高檣滄路方周神皋佇屆值洛陽之親友傳語憑君尋天姥之煙霞来思俟我光緒丁亥季春月

嘉興許景澄

道西斋书影

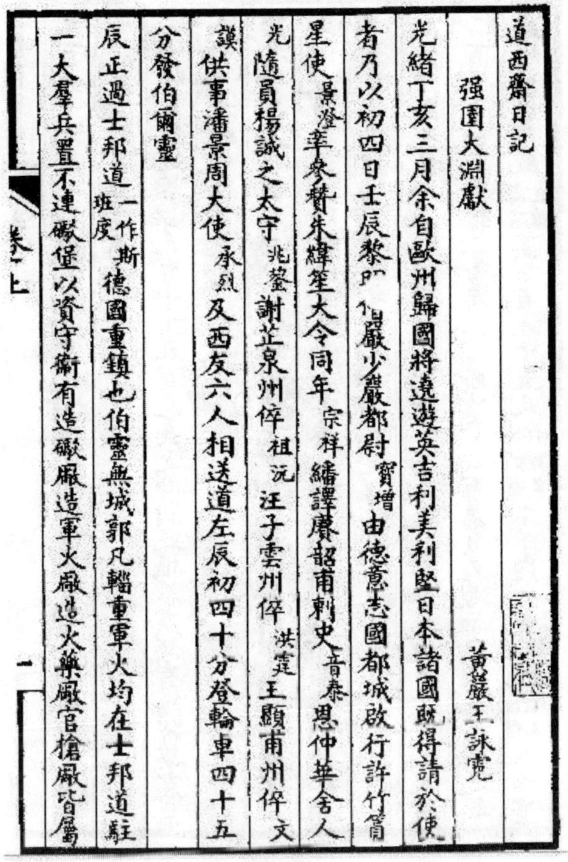
道西齋日記

强圉大淵獻

黃巖王詠霓

光緒丁亥三月余自歐州歸國將遊英吉利美利堅日本諸國既得請於使者乃以初四日壬辰黎明偕嚴少巖都尉寶增由德意志國都城啟行許竹篔星使景澄率參贊朱緯笙大令同年宗祥繙譯慶韶甫刺史音泰恩仲華舍人光隨員楊誠之太守兆鋆謝芷泉州倅祖沅汪子雲州倅洪霆王顒甫州倅文譔供事潘景周大使承烈及西友六人相送道左辰初四十分登輪車四十五分發伯爾靈

辰正過士邦道一作斯班度德國重鎮也伯靈無城郭凡輜重軍火均在士邦道駐一大羣兵置不連礮堡以資守衛有造礮廠造軍火廠造火藥廠官槍廠皆屬

卷一上　一

道西斋书影

九百六十九尺一名由尼恩忒拿忒拿洞也長三千四百十尺皆於山石最堅處挖

成計共費四百五十萬員

二十一日將近華都又有一千五百尺長之山洞既抵華盛頓有繙譯梁震東

貳尹誠來迎因往住使署

晤參贊徐進齋觀察壽朋紹人直籍 端仲蘭太守沅旗人 彭小圃刑部繙譯何飛鵬司

馬慎之隨員譚子明錢漢生許靜山孝廉廷 姚竹朋通判家禧 張錢伯從九佐

與李學菴巡檢春官 顧敬之從九士穎

見張樵野星使蔭桓樵使屬竹朋陪遊各處先過戶部署長四百六十八尺廣

二百六十四尺為樓三層房二百所造費六百萬員又過華盛頓立石謂之華

盛頓漫由門脫譯言記號高五百五十五尺初擬造六百尺為宇內之最在可命禮拜堂之上入油畫

道西斋书影

张元济小像

印度之織物、銀器。而吾國所產，則僅有廣東之小銀器而已。吾國工商，全無世界思想，對於日本能無自愧！市中權物輕重之器，與吾國所謂天平者，毫無殊異，然祇用以權所售之物，而非用以權貨幣也。大風揚塵，穢氣觸鼻。市人推隻輪小車售麪食，蠅集其上，揮之不散。沿街售冰水，手兩銅鉢相擊作聲，何與吾京都相似也！市中有回教禮拜堂，建築亦閎大，余往觀之。及門，門者以履墊渡者而後入。前吾至柔佛回教禮拜堂，亦先脫履，蓋回教人以聖地莊嚴，不欲汙以泥滓也。居民至者，輒易衣盥手，而後瞻拜。或全身俯伏，或旋起旋跪，或直跪不移，對越之誠，迥出釋、耶二氏之上。曩過蘇彝士時，有小艇傍余舟而泊，日將落時，見舵工急步至舟尾，望東南方行拜跪禮良久。吾徐思之，若其所對之方向，爲麥加也。回教入人之深，固如是夫！

余至英國郵局寄信，對門即爲法國郵局，埃及半主，他

埃及回教禮拜堂

賴賽撲斯銅像

刊登环游谈荟的东方杂志

本册总目□

□

王咏霓道西斋日记

□

张元济环游谈荟

丛书新序□

钟叔河

二〇一三年十月

“走向世界丛书”一百种，只收晚清时期 from east to west（从东方到西方）的记述，这并不等于说，只有十九世纪末二十世纪初的中国人，才需要面对走向世界的问题。

纵观人类历史，走向世界决不是什么地区性和阶段性的活动，而是不断出现在全人类发展进步过程中并与之同步的历史现象。一百万年前，人类开始从非洲进入亚洲和欧洲，一万年前，又从亚洲进入北美洲和大洋洲，就是在不断地走向世界。

从有史以来的文献、文物看，三千多年前的《奥德赛》和《出埃及记》，说的是古希腊人和以色列人走向世界——走向地中海和巴勒斯坦。两千多年前的《史记》和《汉书》，写了张骞和后来汉朝“益发使”走向世界——曾走到罗马在西亚的边陲。一千三百年前的《大秦景教流行中国碑》、七百年前的《马可·波罗游记》和四百年前的《利玛窦中国札记》，记下了阿罗本、马可·波罗、利玛窦的 from west to east，这和 from east to west 一样，都是在走向世界。

人类曾因地理、种族、制度、意识形态等原因而互相分离，甚至隔绝。夜郎国的君长初见汉使时问：“汉孰与我大?”当是时，夜郎的世界僻处黔西，其“大”可知；连夜郎都未入版图，则汉之“大”亦远不如今之中国。但人为万物之灵，为了求生存谋发展，总不能老守着自己的一亩三分地，总会要想方设法走向世界——走向更广阔的外部世界。于是，汉要“通西南夷”，要前往原来“道险终不能有”的夜郎；夜郎要问“汉孰与我大”，要想改变原来“不知汉广大”的状况。由互相隔绝变而互相接近，互求了解，这就是走向世界。

走向世界，无论是自己走出去还是让别人走进来（总比让别人杀进来好），无论是主动的还是被动的，从总的历史进程看，用大的历史眼光看，都有利于发展，都是一种进步。对汉朝来说是如此，对夜郎来说亦是如此。两千年前是如此，两千年后亦是如此。上世纪七十年代末开始编辑出版“走向世界丛书”时是如此，如今来继续编辑出版这部丛书时亦是如此。

今天的中国已不再是七十年代的中国，虽然仍称发展中国家，经济总量却早已“超英”，正在“赶美”，但走向世界的路还“漫漫其修远”。时至现代，走向世界当然是要走向现代化的世界，也就是要高度现代化，全盘现代化。“四个现代化”的“四个”——工业、农业、科技和国防，已经“化”出了很大的成绩，而我们的管理现代化，我们的服务现代化，我们的制度现代化……要走的路的确还很长。

现代人走向世界，首先要使自己成为能接受全球文明，有世界知识，有世界眼光，有世界理想的人。“走向世界丛书”杰出的作者，如郭嵩焘、黄遵宪……又如邹代钧、金绍城……他们看到的新技术还是德律风（送话器和最早的手摇电话机）、火轮车（蒸汽机车）……我们如今却已经用上了智能手机、坐上了波音飞机……但在思想层面上，我（不敢称我们）反省自己的世界眼光和世界理想，甚至在世界知识的某些方面，比起一个多世纪以前的郭、黄他们来，差距实在还不小。在这方面，也就是人的现代化这方面，要走的路就更“漫漫其修远”了。

五年前北京奥运会的成功举世公认，它已经成为中国走向世界的一大标志。它的口号：

ONE WORLD，ONE DREAM

“同一个世界，同一个梦想”，这也应该是现代人走向世界的志向和目的，是我们继续编辑出版“走向世界丛书”的志向和目的。

丛书原序□

钟叔河

一九八〇年七月

人们常说，今日之世界，乃是一个“迅速缩小的世界”（rapidly shrinking world）。在电视卫星、激光通信和喷气式客机的时代，地球之上各地之间的距离，确实好像越来越短，人们相互间的接触和交流，也越来越方便和密切了。

可是，仅仅在几代人以前，异国还显得那样的离奇和遥远。古代欧洲人说，中国人用小米和青芦喂一种类似蜘蛛的昆虫，喂到第五年虫肚子胀裂开，就从里面取出丝来（Pausanias《希腊纪事》）。古代中国人则曾经相信，西方有种羊羔是从泥土里生长出来的，脐带还连着大地（《旧唐书·西戎传》、《渊鉴类函·边塞部九》）。这类海外奇谈，今天听起来简直不可思议，而在过去上千年中，却一直被当作可信的资料，记载在欧洲和中国的史书上。由此可见，人类文明的发展，经历了一条何等漫长曲折的道路。

为了探索和开辟外部世界，丰富自己的物质和精神生活，各国人民都作过许多贡献。人类文明史像叙说伟大的发明家和著作家一样，将永远铭记着张骞、玄奘、马可·波罗、哥伦布等不朽的名字。我们甚至可以这样说：一个民族从中世纪到现代的历史，也就是它打开眼界和走向世界的历史。

历史的发展从来是不平衡的。当黄河、长江已经哺育出精美辉煌的古代文化时，泰晤士、莱茵和密西西比河上的居民，还在阴暗的原始森林里徘徊。而自从地理大发现和产业革命以来，中国却相对地落后了。在西方实现资本主义的现代化以后，中国还是一个基本上同外界隔绝的古老国家。是鸦片战争打开了中国的大门，也打开了中国人的眼睛。人们称林则徐和魏源为清代最早“开眼看世界”的人，因为西方的坚船利炮打到中国来时，他们首当其冲，亲身感到这个世界在缩小，距离和壁垒再也不能将异国隔离开了。

过去时代的中国读书人，在“严夷夏之大防”的社会里度过了上千年。封闭的外壳被打破后怎么办？守旧派的办法是把脑袋钻进沙子里学鸵鸟，像慈禧太后的大学士徐桐，见到洋人就以扇遮面。就是这个徐桐，在庚子年间焚香叩请骊山老母下凡来“杀尽洋人”，结果骊山老母没有下凡，他自己的老命却白白送掉了。而林则徐和魏源则不同，提出要“师夷长技以制夷”，主张学习外国的长处，以对付外国的侵略。要学习，先得了解，于是林则徐编了《四洲志》，魏源编了《海国图志》。虽然他们未能亲身出国去考察，书的材料靠间接采辑而来，难免有许多谬误，但无论如何，地里长羊羔之类的神话毕竟不得不逐步让位给常识了。

林、魏之后，中国才开始有读书人走出国门，到欧美日本去学习、访问和工作。容闳、王韬、郭嵩焘、黄遵宪和严复等人，要算是最早的。接着出国的人渐渐多了起来，尽管其中不少是奉派而去的政府官员，但既然去了，就不会不接触近代—现代的科学文化和政治思想，也就不可能不在中国发生影响。

“走向世界丛书”专收一九一一年前国人亲历

欧美和日本的记述。自从一八四〇年鸦片战争失败那时起，先进的中国人，经过千辛万苦，向西方国家寻找真理。应该说康有为和在他之前的郭嵩焘、王韬、容闳等人，的确代表了近代中国向西方寻找真理的一派人物。当然，丛书所收的，也并不全属先进的人物的作品；但总而言之这些都是中国人从东方走向西方的实录，自有其文化的意义和历史的价值。

必须指出的是：从鸦片战争到五四运动这一历史时期中，西方国家虽在许多方面比中国先进，值得中国人学习，但国家利己主义的本质，却总是要压迫剥削比他们落后的民族的。中国人走向世界、接触西方，既有一个学习外国长处的问题，又有一个抵抗外国侵略的问题，盲目排外和盲目崇外都是错误的。对于某些作品中不免流露的这类观点，我们将在为各书撰写的叙论中，适当地作些分析，供读者参考。

“洋为中用”是我们今天的主张，也是十九世纪先进的中国人的主张。“师夷长技以制夷”，不就是“洋为中用”吗？当然，随着接触和认识的逐步深入，人们慢慢地看出：仅仅学一点“长技”，搞一点坚船利炮，还是不行的；要救国，只有维新，维新行不通，就只有革命。伟大的革命先行者孙中山，用他自己的话来说，也是在一八七八年出国以后，“始见轮舟之奇、沧海之阔，自是有慕西学之心，穷天地之想”，才树立了推翻清朝建立民国的大志和信心。历史无情亦有情，后人的思想和事业肯定要超越前人，但前人的足迹总可以留作后人借鉴，先行者总是值得纪念的。

今天的世界已不是十九世纪的世界，今天的中国更不是清朝末年的中国。今日之中国，已经逐渐以现代的面貌，出现在世界的东方。但是，世界的进步越来越快，中国的经济和文化等许多方面还需要不断地发展和提高；这就必需继续打开眼界、走向世界。打开眼界以后，还要学会分析，分清好的和坏的。一切好的东西，要拿来为我所用；一切有害的东西，要实行抵制和预防。在这方面，前人的经验和教训，有一些也仍然值得我们注意。

谨将这套丛书奉献给爱好历史和文化、关心中国和世界的读者，希望它能在中国现代化的过程中，起到一点微薄的作用，是为序。

丛书凡例

一、“走向世界丛书”一九八六年前已刊三十五种，二〇一五年起仍按原定一百种的计划继续刊行，仍然专收现代以前用文言写作的国人考察西方（含开国后的日本）的记述，仍以亲身经历、直接闻见者为限。

二、丛书按作者出国年月排列次序，尽量单行，即以一种为一册；字数过少无法单行者，才以两种或数种合订成册。合订本尽可能以类相从，按第一种出国年月排序；其各种均在封面列出书名，书脊则只列出第一种书名，并在其下注明“等几种”。

三、每种（册）书前，均由编校者撰写导言（叙论），介绍作者有关背景和书中重要内容，酌加评论分析，以供读者参考。

四、丛书均经编校者校订，标点分段，并加边批。边批的内容主要包括三个方面，兹以《随使德国记》为例，举示如下：

1. 标题、提要和说明，如“星使由苏州来”、“普鲁士分一十二省”、“演八十日环游地球的故事”、“如夫人即赛金花”、“‘人工’今皆称工人”。

2. 书中较重要的译名（加括弧注出原文或今译），如“德璀琳（Detring）”、“毕驷马（俾斯麦）”、“布莱门（不来梅）”、“德利风（电话）”。

3. 原文的订正和存疑，如“‘公司船’原无船字”、“‘骁勇’原作‘骑勇’”、“‘薛福成’成字原作辰”、“奥京立斯本应是维也纳”。

五、每种书后，均附人名索引，人名依首字笔画和一丨丿丶乚排列，按年、月、日三节数字查检（正文单页码下均有年、月、日三节数字备查）。如德璀琳之“德”字为十五画，于索引

“十五画”内检得其名下首列“13，8，17”，查正文“13，8，17”在P. 3下，即可在P. 3上找到（光绪十三年八月）十七日“乘肩舆往拜税务司德璀琳”的记载。

六、每种书后，一般附有译名简释（今昔译名对照，必要时并加说明），亦依首字笔画和一丨丿丶乚排列。如“卜兰墩浦Brandenburg，勃兰登堡”，又如“勺勾腊chocolate，巧克力”。

七、人名索引和译名简释的条目，并不限于边批中所举者；边批中所举者，则必皆收入索引和简释。

八、人名索引按年、月、日三节数字查检，其原书不著年、月、日者，则按篇章序号或页码查检。

九、原文因排印（抄写）而出现的明显的文字错误径予改正，不在边批中注出。

十、原文中同一外国地名而作者译法多样，

如缪祐孙《俄游汇编》中“彼得堡”就有“比得堡”“彼德堡”等异文，“莫斯科”也是如此。此种情形，无碍阅读，故一仍其旧，不作统一。

十一、原文中之统计数字均一仍其旧。少量表格中之统计数字，为方便读者阅读，改为阿拉伯数字。个别已经失去时效、并无参考价值的资料，则在说明情况后予以删去。

（十二）丛书均以简体汉字印行；除总序、凡例外，编校者所作导言（叙论）、边批、索引中涉及的数字均按现行规定采用阿拉伯数字。

叙论：王咏霓、张元济的游历之旅□

刘 柯

王咏霓的英美日之旅

1876年冬，上千年来习惯了外国“蛮夷”前来“朝贡”的中国封建王朝，破天荒地派出了自己的首位驻外使节——驻英国公使郭嵩焘，从此以后，驻外使领馆陆续建立，各类外交人员也纷纷走出天朝上国，到新鲜奇异的世界里开始他们一段难忘的人生历程，本书作者王咏霓，就是其中的一位。

王咏霓是浙江黄岩人。1884年，同是浙江人的许景澄被派任驻法国、德国、意大利、荷兰及奥匈帝国公使兼摄比利时事务，奏保王咏霓为随员，王氏便跟着许景澄在欧洲呆了三年。不过王咏霓这个随员和很多其他随员有所不同，他是个正牌的两榜进士，光绪六年（1880）登第，授刑部主事，分发河南司行走。也许是因为太平天国起义平定后，军功出身的人占据了太多官位，或者是由于洋务运动的兴趣，传统知识分子看到了新的仕途曙光，总之，一个堂堂的厅级干部，四十五岁年纪居然肯到驻外使馆做随员，说明当时士大夫的上升途径已经有了微妙的变化。

王咏霓任满三年，准备回国了，按常规路线，他可以从法国或英国乘船，经地中海，过苏伊士运河，穿马六甲海峡，最后到中国东南沿海，或者从俄国坐西伯利亚火车到中国东北，然而他两条路线都没选，却舍近求远，从英国乘船横渡大西洋到美国，再从美国横渡太平洋，取道日本回国。也正是由于王氏的游兴以及清朝政府路费报销制度的宽松，我们才得以见到《道西斋日记》所载的种种风土人情。

老实说，作者虽然驻外三年，思想还是比较守旧。比如说其写到旧金山唐人街，“市上所见，凡店面装饰招牌，皆中国款式，华人居此者不改冠服，不入礼拜堂，亦可取也”。到日本时同日本朋友聚会而发感慨：“日本大政卿伊藤（博文）曾来中国，犹有慕华之意。外务卿井上馨则藐视上国。”当然，他还不至于像郭嵩焘的副使刘锡鸿那样，指斥郭氏游炮台披洋人衣，“即令冻死亦不当披”，“见巴西国主擅自起立，堂堂天朝，何至为小国主致敬”这样迂腐。《道西斋日记》中，客观记载还是占多数，即使对日本以“上国”自居，仍然写道：“（明治）

维新以后，极意仿效西法，至于改正朔易服色，西人未尝不訾笑之，然其上下一心，孜孜汲汲以强国为事，不肯苟安旦夕，则犹有足嘉者。”这就比国内朝野上下那些整天沉浸在“盛世”白日梦里的糊涂虫强多了。

作者是外交人员，因而目光所及，稍不同于普通游客，对国际问题较为注意，如指德国铁血宰相俾斯麦在欧洲喜搞权谋，对南洋和中国也颇具野心。又分析英国维护阿富汗，是为了牵制俄国；找借口在埃及长期驻军，则是为了控制苏伊士运河。中国当时能有此种见识者，恐怕为数不多。而谈到旧金山唐人街华人犯罪，“中美条约无互交逃犯一节，虽欲驱逐匪人递解回籍，亦无可持之柄”。不禁使人想到当今中国贪官逃美，因为中美间无引渡条约，很难抓回，作者一百多年前就注意到了的问题，今天仍未解决。

作者从英国绕道回国，大约因为曾配合许景澄公使为北洋水师采购过德国铁甲军舰，故而挂了个“观水师船屯”的名义，所以日记中有不少关于港口、兵舰、炮台方面的文字，但作者毕竟是门外汉，记下的多是些长短大小之类表面数字，并无多少实质内容，倒是牵涉文史方面的话题，叙述反而到位一些。比如记美国独立战争，就给人以较清晰的印象。在日本鉴定宋版书，更是作者感兴趣的事，为三部书写的三篇跋文，一字不漏全篇抄录。由此而言，今天的读者对《道西斋日记》以及类似的闻见录，亦不必期望过高，聊作百年前的西洋镜一观可也。

张元济的环球之旅

张元济（1867—1959），字筱斋，号菊生，海盐人。著名的出版家、商务印书馆奠基人。清光绪十八年（1892）进士，授翰林院庶吉士，任刑部主事和总理衙门章京。曾参与戊戌变法运动，变法失败，被“革职永不叙用”。此后他定居上海，历任南洋公学中文系主任、译书院院长、公学总办等职。20世纪初，张元济进入商务印书馆，历任编译所所长、经理、监理、董事长等职。在他的主持经营下，商务印书馆逐渐成为国内最大的出版企业。他主持的商务印书馆在晚清及民国时期，精心选择、组织翻译出版了一大批外国学术和文学名著，引进西学、介绍新知，对中国的翻译出版事业影响巨大。与此同时，在他主持下，商务还编辑出版了一大批工具书。如1915年中国第一部新式辞书《辞源》问世，至今仍然有着巨大的影响力。由他组织编纂的《四部丛刊》《续古逸丛书》《百衲本二十四史》《丛书集成初稿》四大丛书，在中国文献学史上有举足轻重的地位，其精良的编校质量，足为后世出版之楷模。他还组织编写出版了从小学、中学到大学的全套教科书，为当时的中国教育做出了巨大的贡献。商务印书馆，从一个手工式的印刷小作坊，在张元济的带领下，成长为一个影响力巨大的出版巨擘。

宣统二年（1910）二月，他自上海出发，经南洋，入红海，抵伦敦，游历欧洲数月，再渡大西洋，前往美国、日本，耗时十个多月，做了一次环球考察旅行。留下来的足迹便是这里收录的《环游谈荟》和编者辑录的两个附录。

《环游谈荟》记述了他从上海出发到达英国伦敦的经历。其中令人印象深刻的是关于南洋贩卖“猪仔”的描述。舟过厦门，作者发现下船舱的一千七百多人不正常，便开始通过各种渠道进行了解，才知道这是一批被骗掠到国外去做苦工的人。他通过同船一骆姓广东人的描述，知道了这些“猪仔”的大致情形：

> 新嘉坡猪仔馆在金镑、牛车水等街。厦门、香港等处，皆有经理人，勾引贫民，劝令出洋谋生，并为之代给川资（闻约须银钱十圆），遣伙押送，沿途守视。既至新嘉坡，入居猪仔馆，严禁出入。有招工者至，馆主与订工价。议既成，则拨所需人数与之。每人岁得工价，约银钱四五十圆，然本人一无所得，尽以畀馆主。除川资及宿食费外，是一人可赢三十馀圆也。猪仔受雇后，赴英官（汉名曰华民政务司）处订合同。英官询被雇者愿否，若不愿，则缴还馆主十六圆，即可自赎。然猪仔至此，安从得钱，亦惟有饮恨吞声，俯受约束而已。既订合同，雇主絜之往，或垦荒，或开矿，工作之苦，殆难言状。满一年，去留可自由。如续订雇约，则工资可为己有，然前此一年之中，不名一钱，偶有所需，必贷诸雇主。雇主辄勒展受雇期限。尤可痛者，则凡猪仔群集之处，无不有妓寮、赌场、烟馆窟穴其间，若辈庸愚，乌知自爱，身入其境，大半沉溺。耗财愈多，积债愈重，而雇主之束缚，永无了期。间有能自振拔者，似可有出于幽谷之望矣，不幸

雇主不仁，又为之转售他处。呼吁无门，隐忍受命，其展转而死于沟壑者，不知凡几矣。吾闻此言，吾愈心痛。

因为“心痛”，所以他开始通过各种方式接近关押这些苦工的船舱，甚至想要等到船到新加坡后跟踪一探究竟。只是后来出现变故，未能成行。在附录的《环球归来之一夕谈》中也用“我国出洋的苦工”一节谈到了这件事，可见他对此事的关注程度。

张元济的环球旅行到过的地方不少，刊登在《东方杂志》上的《环游谈荟》只刊登了两期就中止了，所以这里收录的《环游谈荟》只是记述到达伦敦后便没有了，而其在朋友的欢迎会上所谈被记者记录的《环球归来之一夕谈》所谈则稍微丰富一些，谈到了他所到过的国家一些新奇的事情。他讲述到的一些事情，给我们留下了不少可资研讨的史料。比如前述被掠至国外做苦力的劳工，比如柔佛国赌馆中随处可见好赌的华人，比如国外的中国古书，比如美国的幼童犯罪学堂，比如国外的实物教学、劣等学生的教育方法、残疾儿童教育等等。特别是一些关于教育的内容，不少至今也还有借鉴意义。

因为在从事出版，所以张元济对失落在国外的中国古书也非常关注。在《环球归来之一夕谈》中，有两节讲述了他在英国伦敦和法国巴黎看到的中国古书情形。有一句话最能表达他的心情：“最刺心的是我们一千多年前的古书竟陈设在伦敦的博物院中。”因此，他在巴黎见到伯希和（用极为低廉的价格从老道士手中弄走了大批敦煌经卷的法国博士）时，对于这些敦煌古卷，便“已经同伯希和商量停妥，陆续照了相寄回中国，将来还要设法印出来”。

我们且引录这段文字，来看看当时的具体情形：

> 英人史泰音先在我们敦煌县石洞里得了古书，运到本国，被法国一位博士名叫伯希和的知道了，也亲到敦煌游览，步他的后尘，从一个老道士手里得了许多。听说不过费了二三千圆。伯希和对我说：“老道士在石洞里把这些破纸起了出来，并不当他是个宝物。如我不去，恐怕就要被他烧毁了。”
>
> 我到了法国的京城巴黎，便去访伯希和，邀他同我到图书馆内去看。他们看得这些古书很郑重，不轻易许人去看的。我见敦煌来的古书陈设了几大间屋子，都用镜架镶好了。每一卷子用一个木匣，挨次藏着，其馀没有理清的还堆在桌上，我没见过。记得有一种唐人写的《论语》，翻阅几页，和现在的本子多有不同，可惜没有工夫细看，看也看不得许多。我已经同伯希和商量停妥，陆续照了相寄回中国，将来还要设法印出来，请大家赏鉴。

史学家陈垣在《敦煌劫余录》序中说：“敦煌者，吾国学术之伤心史也。”敦煌文物先后被英国人史泰音（斯坦因）和法国人伯希和以极低廉的价格掠取，这不能不说是我国古文献上的一个重大损失。更让人痛心的是，清政府在有识之士的疾呼下采取措施抢救出一批，却又被一些利欲熏心之辈巧取豪夺，流失不少。此后，时局动荡中又被俄国人、日本人、英国人多次掠夺。据有关部门统计，流失在国外的敦煌文物有四万多件，国内残存的只有一万多件。研究敦煌学，却不得不到国外的博物馆参观借阅，实在是一件令人伤心之事。张元济所说与伯希和商妥，照相回国设法印出来之事最后似乎不了了之，并没有能如愿。但他应该是中国第一个在国外见到这批文物之人。作为一个有识之士，目睹流失国外的古文物，不可能不感到“刺心”。

《环游谈荟》曾发表在1911年上海《东方杂志》第八卷第一号、第二号上，并未连载完，不知何故中止了。《环球归来之一夕谈》原载宣统二年十二月（1911年1月）出版的《少年》杂志，《张菊生之教育谈》原载宣统三年六月（1911年7月）出版的《神州日报》。两篇均系记者记录的讲演稿。

王咏霓道西斋日记□

光绪十三年（1887）

三月初四日	自德国柏林启程回国
三月初五日	至英国登岸
三月十六日	抵美国纽约
三月二十一日	至华盛顿
三月二十九日	至旧金山
四月二十三日	抵日本横滨
闰四月二十四日	返抵上海

□据国图藏清光绪十三年（1887）石印本
□刘柯校点

王咏霓道西斋日记目录

陈明远序

岁壬辰，移居海上，读礼杜门。适吾乡王先生子裳自皖来，相见道故，出所著《道西斋日记》示明远索序，受而读之。其间与明远蘼茝扶桑，探蓬莱之胜，历历旧游，恍在目也。不禁慨然曰：方今中外一家，环地球而游、谈外邦之事者不鲜人。其庸猥污下之辈，略通一语言一技艺之末，自托洋务以炫其能者无论矣，其有一二才智之士，半都摭拾旧闻，翻译成书，归国夸著作，盗名欺人，实无当于用者。有之反是而有守旧者，则又诋斥外事，以为守正不挠，而于中外交涉之故，漠不措意，即问以一名一物之微，亦茫乎其莫可对，适招外人之笑而已。於戏，若斯三者，乌足称哉！先生为吾浙名宿，文章经济素蓄者宏，计自柏灵归，查经英美日本诸国，其风土人情，政事得失，靡不笔而志之。一日记耳，本不足尽先生之才之学，然历欧亚之山川，究古今之事变，恢其识量，

作序缘由

发为经猷，宜为今皖抚归安沈师荐升诸朝，骎骎大用，将本其生平阅历，出任国家之重，决异乎明远所谓无足称之三者。明远曩在日本赞使六年，闻见所及，亦稍稍有刍言，自维浅陋，无补于时，言之而不能用，是亦等于无言也，视先生滋愧矣。海盐后学陈明远。

许景澄序

州外有州，同证谈天之辩；客中送客，先收过海之帆。子裳同年，学揽八纮，身行万里，子升文笔，入吐谷而争传；扬六儒衣，厌西蕃而将去。余以菲陋，忝托嘉招，愧縶驹以末由，羡见蝎之生喜，于斯别也，盖不能已于言焉。溯自龙庭受吏，鳀壑传邮，槃敦困于周旋，犀翠眩夫琛丽，浮图肇迹，罕述于精文，户数登书，或违于翔实。子裳则地当清暇，志乐网罗，见竹杖而察津途，藉羊胛而占日景，仲山宝鼎，求诸野而犹存，休屠金人，征于古而匪妄。候风地动，即灵宪之绪馀，书革旁行，亦佉卢之孳乳。莫不秘诸蔡帐，记以隋珠，行见都讲问奇编摩绝代之语，京师录副润色北盟之编，斯其所快一也。大地之体，肖乎椭圆，四洲之枢，悬于北极，既由布算而显，亦藉挂席为稽，然而磐石坂长，竞传身热，条支海大，或惮风迟，虽志骛于遐征，或情均于畏道。子裳将登归路，更

王咏霓字子裳

所快一也

更出美邦绕地一周 出美邦，绕地一周，击水九万，与日轮而俱骋，悟人趾之相当。自西徂东，既穷大章之步，如黄在卵，乃得浑天之诠。以视抵皮山而辄还，访王母而不见，一公两戒之述，未越方隅，裴矩三道之图，匪由涉履，讵足衡兹远蹠，媲
所快二也 此名游，斯其所快二也。国家典崇韬传，惠逮宾僚，每循考绩之期，爰予懋官之赏。于是南楼妙选，蛮府高资，或文媲孟坚，勒封山之颂，或辨高董晋，解市马之争，莫不感激于礼罗，畔援乎好爵。子裳序劳未满，掉头竟行，仅携径路之刀，惟获葡萄之种。天山偶度，无意封侯，郎署重来，依然不调。爰居攸止，匪钟鼓所能娱，焦朋既翔，
所快三也 奚薮泽之足恋，斯其所快三也。天伦之乐，洗腆为荣，行役之悲，来谂是亟，是以子阳矢孝，不与叱驭同论，太真勤王，犹引绝裾为疚，况乃玉关春隔，噬指无灵，毳幕天低，望云何处！瞻言亲舍，弥动欷歔。子裳以征夫聿至之辰，值寿母维祺之庆，携来虏酒，佐滫瀡之供，擎出蛮花，增萼跌之茂，录龟兹之乐府，即叶仙璈乞天竺之根因，为祈善果，始知菽水之养，甘于椎牛，当归之谋，胜
所快四也 乎远志，斯其所快四也。虽然，回帆鼓好，既遂逍遥之游，应管霜繁，岂无气类之感。余与子裳，班荆甬上，联骑京华，馆舍论诗，闲围石鼎，市楼贯酒，醉脱吴钩。及夫登临卫律之楼，览眺染干之帐，边声四起，抚素琴以愉心，衣尘日缁，崇兰佩以相勖，亦复连影蛩岯，洽德辅车。一旦折柳伤离，赠策言别，因晨风而无路，保岁寒以鲜俦，是又行者之所欣，居者之所戚也已。拂庐雪消，河

梁尘动，天吴守其行箧，蜚廉鼓其高樯。沧路方周，神皋伫届，值洛阳之亲友，传语凭君，寻天姥之烟霞，来思俟我。

光绪丁亥季春月嘉兴许景澄

诗序

长白裕德寿田

长风万里送君游，乌弋黄支笔下收。山海一经谁可续，欣看芳躅遍欧洲。 裕德诗序

壮志雄开海外烟，地球环越已三年。泰西蕃部罗胸次，博物奚能让茂先。

定海王脩植菀生

六潭居士旧知名，上书流涕动公卿。公卿相顾尽致眙，汉室从兹失贾生。鸿鹄本非笼中鸟，一举千里俯沧瀛。步极固应穷章亥，辟方何翅计殨竻。文章奇气江山助，富贵人情剑铗鸣。何见而去何闻来，归来但携书一埤。授我读之心胸拓，崇纲细目一以呈。分纪秒度整纪日，小言虫沙大言兵。眼底山川足驱使，腹中武库时纵横。而我掩卷长太息，抵掌为君鸣不平。一自南山开捷 王脩植诗

径，人人思请终军缨。蛮府新资报殿最，屠估市侩尽干旌。美新颇效杨雄作，剿说雷同不可听。今君此行何落寞，命宫仍照郎官星。何人挈之扬王庭，九皋鸣鹤一闻声。君言得失有重轻，功狗功臣吾弗争。醉者自醉醒者醒，留取文章照汗青。

平阳黄庆澄愚初

黄庆澄诗

岂真天地可为家，七万程途瞥眼过。我亦乘风慕宗悫，一编好作指南车。

一画开天记宓羲，谁知今已值重离。会看无数红羊劫，大地湖山尽化灰。(大著备述泰西炮制之盛，故及之)

日月原如大小珠，术家推步说非诬。井蛙未便谈瀛海，寄语中邦小丈夫。(大著中记海道经纬了如指掌，秘鲁冬热夏寒之说，尤足扩华士迂执之见)

掇拾残编仗汉儒，遗经半出烬灰馀。何当觅得桃源洞，遍读秦皇未劫书。(闻日本多古书，读大著各宋本书跋，心怦怦欲动)

不须服药慕神仙，世界居然历大千。行见飞轮上霄汉，人人游遍九重天。(昔与张子经甫宋子燕生戏言他日必有星月通商之举，述之以博一笑)

投笔封侯欲效班，少年盛气未能删。吹嘘乞借东风力，送到蓬莱第一山。

13,3,4

王咏霓道西斋日记

光绪丁亥三月，余自欧洲归国，将绕游英吉利、美利坚、日本诸国，既得请于使者，乃以初四日壬辰黎明，偕严少岩都尉（宝增）由德意志国都城启行，许竹筼星使（景澄）率参赞朱纬笙大令同年（宗祥）、翻译赓韶甫刺史（音泰）、恩仲华舍人（光）、随员杨诚之太守（兆鋆）、谢芷泉州倅（祖沅）、汪子云州倅（洪霆）、王显甫州倅（文谟）、供事潘景周大使（承烈）及西友六人相送道左，辰初四十分登轮车，四十五分发伯尔灵。 光绪十三年(1887)

辰正过士邦道（一作斯班度），德国重镇也。伯灵无城郭，凡辎重军火均在上邦道，驻一大群兵，置不连炮堡以资守卫。有造炮厂、造军火厂、造火药厂、官枪厂，皆属兵部第二房第四科，有练枪学堂，教诸官弁，技成后用为各营教习。 伯灵（柏林）无城郭

巳初过赖忒诺境之厄白耳河，水出什里司恩之利生嘎

比阿嘎山，译言伟人山也。西北流行一千六百五十里，至汉卜克入于北海，西语谓之鹞脱海。徐氏《瀛寰志略》以此为来因河，误矣。由是至伏希么，入汉诺威境。

订正《瀛寰志略》之误

午正至汉诺威城，故日耳曼列邦，英之宗国也，（康熙五十三年，英女主卒，国人迎立汉诺威女主若耳治为英王，别立支子于汉）近普鲁士灭之，夷为郡县。英人以德方强，不相诘问。有大书院，曰可储贤。停二十三分，饭罢仍行。

未初过威萨河，水出撒克逊邦伊生倍克之扼士嘎比阿嘎山，译言五金山也。西北流至勃雷门入于北海。（徐氏以为易北河）

未正过唵士河，水出威士法兰之山，北流至唵登入于北海。

由门士塔城西南行过物赛耳（皆属威士法兰邦），又西行过来因河。水出瑞士国之阿尔魄士山。山高二万零六十五英尺（每一英尺合工部营造尺九寸七分），为欧洲诸山之冠。河水出其阴东流，合南来诸小水，过顾阿折而北流，汇为孔士吨士湖（一名巴登湖）。过孔士吨士北，西流过沙扶后生南，吐阿河自东来入之。又西过厄格里叓，南阿河自南来入之。又西过来因斐尔顿北，又西过伯悉耳东，合南来一小水。又北流过士剔拉士堡东，又北过棉士东、科勃连士西，麦斯士河自西来入之。又屈曲西北流，过都失耳铎夫西，是为近来因河之普鲁斯，水浊多泥沙，德人每岁挖以机器，然下流在和兰境者不甚浚治，故时有

阿尔魄士（阿尔卑斯）诸山之冠

13,3,4

水患。来因河入和界岐分为二：北为里克河，至安欣又分流为衣昔士河，入于随达海（和之海湾）；南为瓦尔河，西行二百五十里麦士河入焉（又名苗士河），水出法兰西国之乌什山，北流径比利时国，又径和兰之梵希喀吞，与瓦尔河合，又西合里克河入于北海。来因河行二千四百里。

申正十五分至改纳拨，入和兰国境。凡车中过客不稽行李，和例然也。五十六分过桠孛好司，酉初十分行。（均属北勃拉班特省） 入和兰境（荷兰）

戌正三十四分至桠层大尔，五十一分过博克司台耳。

由倍耳根大桥过腮儿岱海湾，入西和兰之孛微兰界。又西行过大桥，亥初五十分至福利澄埠（属乌耳喀连省，南岸为乌士特堡），伊士古河入海处也。（一名士克耳得河）水上受里士（一名里厄河）士克耳得二河之水，屈曲东北行，径比利时国之昂物司，折西北流入和国境，又西流入于北海。光绪十一年，德人创公司船往来亚洲，与英法争利，初议自勃雷门放行，以和之福利澄埠为寄泊之所。既而比让铁路之益，德与之立约，改泊于昂物司（地有不连炮堡数处，法甚完密，余曩时曾一游览），和人颇以失利为怨。然和主卫阑第三荒耄无子，德人实阴图焉，靳抑其利使其民乐为附庸，毕斯马克之权谋大抵类是。按和之属地大于国土几三十五倍，异日若合为列邦，南洋各埠之利权，德持其管矣。广商务于东土，若是其汲汲者意在斯乎！ 毕斯马克（俾斯麦）外交权谋自伯尔灵至福利澄海口，七百八十企罗迈，当合中里一千八百十二里有奇。上泼林此爱利思佩忒轮船，亥正十分开行。船制狭小，不耐风浪，舟中人有呕吐者。夜渡北海，行一百八十二海里。

至英国

初五日（早雨晚晴）卯初五十分，至英吉利国之规因司罢耳口岸，天士河入海处也。水出英伦之格罗士塔山中，屈曲东流，过痾士敷忒，又南过犁腾北，又东过伦敦城中，又东入于北海。（行一千零四十二里）

登岸时有司关者检询行李，示以洋文护照，乃免验。（先期请星使给照，由驻德之英美日本三国公使画押盖行戳，以后径行无阻）闻英人虑爱耳兰党为乱，禁味南密脱（译言炸药）入境甚严，自王公至庶人，随身小件罔不开视，妇女亦然。顾绝不留难阻索以病商旅，亦西国通例也。

虑爱耳兰禁炸药入

卯正二十五分登轮车启行，辰初五十八分至维克土里亚车厂换马车，至开痕克罗忒客寓，李伯行郎中（经方）、潘子静观察（志俊）两参赞来晤。

先是，许竹使函致驻英使者刘芝田太常（瑞芬），言余过英时将往拍司麦脱海口观水师船屯，惟未指明何项工作。伯行谓此事应由外部转商海部，文书往复，动费时日，因劝余先行一面请咨海部电告水师提督，较为捷速。会我出洋肄业副监督斯恭塞格（法国人）自巴黎赴英海口，属周子玉监督（懋琦）、陈敬如参赞（季同）预期约定，俟我偕行，因即日遄发。

13,3,5

过华得路孛林吹（译言大桥），为伦敦最大之桥，长四百二十迈当，广十三迈当（每一迈当合工部营造尺三尺一寸七分六厘强），有九柱（每洞广三十六迈当），工费一百万磅。（每一英金磅合库平银四两二钱有奇）

未正由华得路司对洵登轮车，四十五分开行，过求耳叠福耳忒，又过开司利迷奚诸处。

酉初十五分至拍司麦脱，闽厂学生刘子英（冠雄）、黄韶成（鸣球）、邱叔任（志范）来迎，换马车，住克罗司维挪耳客寓，距伦敦二百二十二英里。（每一英里合中国里三里强，后记西里皆仿此）

英国全境环海，恃水师为藩篱。其海军船埠有五：曰袜特卫（在伦敦东口外），曰扑林抹甫（在英伦西南），曰袜忒缚耳脱（在英伦西），曰坤因司坦尔（在爱耳兰南境），曰拍司麦脱（在英伦南偏西），皆以防法人，故北面滨海各口咸不立埠。曰直布罗陀，曰麦耳他，则地中海师船屯聚处也。拍司麦脱常驻一等水师提督，现任斯职者曰掌禄司，兼辖陆地。（按英国一等水师提督三员，一驻地中海，一驻兹地，一驻伦敦为海部尚书）居民十二万八千，泊船处口司劈忒海脱，地广面积有四十八海由他（每一海由他即一万方迈当，约合三十六里）。船池大者面积一海由他，船坞十二，能容大铁舰。隔岸为嵜司坡尔脱埠，西有大医院曰赫司赖，养病伤兵士，容二千人。 英境环海水师藩篱

初六日（晴），英提督接海部电信，饬弁导观船厂。巳刻偕斯恭塞格往游，入门有兵士迎候。

观藏桅索各栈，见布船可折叠，形制大小不一，或前后两截可合负以趋。

英国船坞

观船坞，砌石为岸，不甚峻。第四号最长，计七百二十八英尺，可容二舰。第八号最阔，可容新式底宽铁舰。第十二号左右砌石二层，上为起重车架，运以辘轳，往来槽道。凡新造战舰，配用厚甲，便于装合。各坞有门，制如船身，剂其两端，密合无罅，凡欲启时，从他处引水满灌坞内，使浮动可移。各坞有水管通至一屋，屋中用机器起水，每一分时得五百吨（每一吨合一千六百八十斤），因往观。其处甃地为池，吸坞内之水入焉，又以压水机力出之，视其表，得天气涨力三十二寸。

观船台有四座，皆覆以屋。现造一船名特赖勿尔嘎，本年八月可下水，铁甲厚二十英寸，水线上下整块共高十尺，甲皆康邦，系喀墨尔厂造。（英国造铁甲厂有二，一曰喀墨尔，一曰布隆）康邦者，外钢内熟铁熔合而成，其法始创于英，诸国踵而行之。英员言康邦胜于钢甲（法国克恋沙厂专造钢甲，近闽厂新制炮船用之），以外刚内柔，能御炮弹，不致有炸裂之患。（我国镇远、定远、经远、来远四船均用康邦甲）船身长三百四十四尺，广七十二尺二寸，压水力一万二千吨。又言海部近制甲舰十五号，皆露台旋炮，此其一也。

康邦船甲胜于钢甲镇远等用

观狄威士台顺船，管驾者名捎摩西，曾往来中国洋面。船长二百八十五尺，广六十二尺三寸，入水二十七尺六寸，压水力九千三百三十吨，马力六千六百五十四，速

13,3,6

率十四海里（每一海里合中国三里又三分之一）。官弁水手一百五十人，战时可五百人。锅炉四座。三十五吨十二寸半径乌里治前膛炮四尊，炮随台转，即船面旋台，旧式也。每炮配兵四十二名，转以机力，费马力十八匹。台甲十四寸至十二寸，哈乞开司快放炮二尊。各房电灯战时仍有之（电机小者战时各房不能用）。发电机三具，每一具有马力八匹，能照五海里之远。令台甲板一寸，有传语筒七台，中可以电气放炮及鱼雷。

“三里”原作“一里”

对泊安生船，为露台新式船，有压水力一万吨，马力九千八百匹，四十三吨炮四尊，速率十六海里。六寸径炮六尊，格林炮十尊，入水二十七尺，中国口岸过浅，不能入也。

出，过因辟利幽司刚必达等船，未及登视。

午后观英佛勒息白船，译言莫敢当也。管驾者名卫克耳，亦久在中国者。导观船上炮台。台以汽力运转，乌里治造，重八十七吨，计费银七十一万四千九百二十磅，径十六寸，四尊，可于舱内装药弹（以机力运动）。前助订船表时，据西书言，攻埃之役，是船束于昂度，不能仰击山上炮垒，今按是船炮昂度至十三度，可高击至一万尺，惟二台相距太近，彼此并放，药力震动，能死伤人，飞台上来往水手亦易受伤，是其病也。今于飞台上作阑干以护之。又炮位出水面太低，浪易入台内，因于炮身上以铁炼作帘遮蔽（炮昂则帘随卷上），炮身下以皮为幕护之（炮昂则幕张），皆所以阻浪也。烟筒下半以铁板作房为护，

卫克耳久在中国

亦以炮力能自震损，故作是式。该船主言束于台制，不能改用后膛长炮，新造各船已去其失。按是船一万一千四百零六吨，马力八千匹，速率十四海里，台甲十六寸，水线二十四寸至十六寸，平甲三寸。

因导观安停薄尔船，亦用二旋台而相距较远，中间隔堵宽广，故无此病。五十吨后膛炮四尊，以压水力装药弹，马力七千六百匹，速率十六海里，入水二十六尺三寸，观水手练习一过。（雷筒亦在左右）

又观廓林乌特船。船系露台，前后二台，厚十四寸，十二寸炮四尊，六寸炮六尊，格林炮十尊，每炮有隔壁以护炮兵，左右有雷筒。九千三百吨，马力六千九百匹，速率十六里，又入水线甲十八寸，令台甲厚十八寸，盖厚一寸，可升降其上为飞台。平时驾驶，视图之用。盖壁相接处蔽以铁板，可启闭，台中容三人，有远镜可测准度，临敌以电线发炮与雷（红线放炮，蓝线放雷），其船主管轮卧室均有德律风与电信。

英德船制各有利弊

数日前观来远下水，归途与德海部司员的忒立希谈船制，伊言德国近将仿来远式造十二艘，视威斯伯为大。余谓英国近造一船，中间用水线甲，前后用穹甲，其两端接连处斜砌相合，视甲堡之制可省却前后立甲，英人自谓新式尽善，君以为何如？的言不如全用穹甲而有舱口立甲者之善。盖的固素主穹甲者也。今以询诸英佛勒息白管驾，则又言墨屑塞佛能二船固全用穹甲者，然颇有病。见仁见智，迄无折衷，船学之难，不较然欤！

13,3,6

英国雷船停泊甚众，然雷筒置于船之左右，有活架，用时转向于外，缒筒及水引绳发机法未甚善，不如在船首推送较有准度。

厂中起重架有一百吨者，工匠八千人，别有一室，可以德律风传语各船。又一大厂，专造各船粮食。一坞专修舢板，不用时收入屋内，悬挂楼中。

遇琅副将（威里）。琅来往中国近十年，顷北洋大臣派令来此统带英德新造四船回华者，因偕过德立赛住廨，前闽厂教习管驾扬武兵船，现在本国船局当差，室小而精洁，屋外作玻璃小房，粘合树皮为墙壁，如假山岩石，中养花草。客至，有仆瀹茗，俟一小时许主人方归，道谢毕，与商欲观海中铁炮台。伊言此系陆路管属，须有兵部文凭，最速须三四日，如不能俟，请以小轮舟环历台外阅视何如？余首肯，乃辞归。 琅威里

闽生三人在此间练船习枪炮，逾三月技成矣，李傅相属往鱼雷练船学习，刘芝使商诸外部，而海部不允。其意恐他国人踵请，不能却也。初，三生上船时，即有日本人援例求往，海部允教练一人，两月后病亡，不复补，今兹之拒，或有因欤。 英海军部不允清朝海军学员上鱼雷练船学习

客寓前有旷地，每日侵晨，有兵丁数队于此操演枪队（衣黑）步队（衣红）。午后游人散步踏青者甚众。前临海岸，有浴车数十两排列。岸侧有大客寓，避暑者咸集于此。别有楼房二座，俯临水际，华人称之为望海楼，每人入游者费一本士，夏日无虑万人。因偕韶成、叔任往观。

水木明瑟，固消夏之胜区也。

初七日（晴）辰刻，偕斯监督赴船厂，已有小轮船泊候，即登舟驶出内海口。按内口广一海里，水深四十拓至五十六拓。东岸炮台名排脱厘，上下列炮二层，在内口之中。又东近外有炮台，列炮一层，皆露置。其西岸炮台二层，则下穴上露者也。出口过海中铁炮台之最近北者，其向外一面用铁甲半环护之，甲外船色黑白相间，为方块如棋局形，使敌船远测不辨何者为炮门。中高一丈，厚十寸，列炮一层，共九层，内有三十八吨炮二尊。向内一层以方石筑成，可辨炮门。计造费十五万磅。

大铁炮台

又南有大铁炮台一座，甲厚二十寸，高二十尺（上下二块合成），列炮二层，甲高于水线二十四尺，甲内衬石厚二十八尺，中为房四层，下层藏药弹，顶上平甲厚四寸，上砌以石。淡水井深三十八尺，其泉甚甘。其又南一台，制亦如之。每台列炮四十九尊（内有四十五吨二尊，可旋转），平时守兵五十人，有事四百人。粟支二年，军火足供三月。每日以轮船送军食。每台皆有起重架。计造费四十五万磅。

又南近岛岸有一台，以三合土为之，无甲护，有炮九尊，内三十八吨炮一尊，台名信因孛里吹，与北岸第一台相距七海里。是台造于沙际，海水来往刷沙，已低陷矣。岛名华脱，有图，系 110×8 号合拍司埠图，可见各处炮台位置。

岛长三十一里，广十二里，其西口狭处仅一海里。英

13,3,7

人于两岸作陆炮台三座护之。东口广至七海里，故于海中就小屿石基建置铁甲炮台，以联络阻截。岛中有英君主避暑行宫。

巳初四十四分自南岸驶回，巳正二十六分抵北岸，登陆回寓。

午正自海口上轮车，未初三刻过山洞，循旧路回伦敦车栈。偕斯监督过卫司忒民斯脱孛林吹，亦大桥也，长三百五十三迈，广二十六迈，以铁为之，柱址用华冈石。

又过议院。院在台姆河侧，长二百七十五迈当，造费三百万磅。内有天井十一，梯一百，房一千一百间。有二塔，高九十七迈。上为自鸣钟，钟重二百六十坦（每坦百磅），阖城能闻，夜燃电灯。南塔高一百零三迈，塔门为君后临院出入之所。上议院长三十迈，广十四迈，高如之。有四百三十四座位。下院长十九迈，阔十四迈，高如之。英国选定人数共有六百五十八员，然院中仅有四百六十七座位。 座位数少于议员数

议院左近为旧礼拜堂，名卫司忒民斯脱鸭培。凡名人赐葬于此，英君主殁后亦葬焉。堂建于宋理宗淳和十年，至今不改。闻森抱耳大礼拜堂系康熙十四年开工，四十八年造成，式仿罗马，合地球计之为第三（第一为罗马林贝德，第二为义国密兰奴之礼拜堂），内亦有名人墓如大将空林登等，从远处视之，可见圆塔。

连日少岩独居伦敦，闲事出游，为余言园林戏馆之胜。尝过利屯司派耳克，其北半为沙椏利切髙耳皆登。又

过哈脱排克，亦平林也。林左右多世爵居第，近处为焄成顿皆登，英女主为其夫立像于内，名阿耳孛脱（盖其夫之名）密麻利也耳（译言表记），费十二万磅。

酉刻，偕少岩、斯恭塞格至坡黑棱脱泼来司我国公使署，见刘芝田太常，兼晤李潘二参赞、余易斋水部。使馆为楼四层，厅房宽敞，惟居临衢巷，无园林花木足以散步，不及德法二馆。

伦敦最繁盛之街

刘芝使来寓答拜，戌刻，邀饮大街酒楼，偕少岩、斯监督赴之。过利屯司吹脱，为伦敦最繁盛之街，及恶克司福尔司吹脱。万家灯火，照耀通衢，富庶之象，于斯可见。酒肆中有楼二层，座落宽广，四围厢房密馆。同坐七人：伯行、子静、易斋及汪子久大使（奎绶）。即席赋七言一律云：我从北海渡英伦，又见名都景物新。三岛昼沉千日雾，六街灯漾四时春。盘飧渐识回中味，尊俎叨陪席上珍。知有凤鸾飘泊感，暂时萍聚倍相亲。

星使言外部顷有函来，允看乌里治炮厂。厂系官造，工匠万馀人，除礼拜一、二日外许入观览。余告以船期伊迩，不及久留，请为复谢。

伦敦博物馆之藏书

初八日（早风雪，晚晴），余易斋来，言伦敦博物院有数种最可观：一为孛林脱暮齐亚姆，其内分七事：一印本书籍，二抄本书，三铜板图画，四东方古器皿，五英国及前一千年所有古器及各国土俗器具，六希腊罗马古董，七古钱币，八各动物毛鞹。其藏书楼中有印本百三十万册，每日巳刻至申刻可往游也。又有暮齐姆亚夫滞厄来

13,3,8

传，为专考地矿之所盖，聚五大洲各种矿色以成斯会。此外有捎夫惎成顿暮齐姆，则油画博物院也。纳触耳歇司托利暮齐姆，则一切动物毛革之博物院也。因地耳暮齐姆，则专陈印度土产贡物宝器博物院也。其中以矿产博物院最为有用。余念各种博物院往在柏林巴黎诸名都曾已遍览，若矿产则见之而不能名。近德国新出一种书，专究五州地矿，月出二叶，图共七十幅，现仅有二十四叶，未能全也。中国北省地矿图尝购得一部，凡二十六叶，略辨其颜色而已。他日携归中土，拟更一考究之。

新出一书专究地矿

易斋言水晶宫之胜，春秋佳日，士女云集，每人入门费一昔林，逢礼拜六费二昔林二本士。内有各种石刻，地窖有鱼池，隔玻璃可观。按近人游伦敦者，日记中咸有纪载。初咸丰四年为赛珍会造，名克立司台耳盼来司基，长四百九十迈，左右翼百十七迈，广三十六迈，高五十三迈，南翼长九十五迈，阔二十二迈，高三十三迈，北面本有翼房，同治五年毁于火，不复造。英人于此费百五十万磅。所谓水晶宫者，亦华人名之，其实以玻璃盖屋，如柏林有奥司忒龙司排克之比耳。

水晶宫即玻璃屋

伦敦地大物博，居民四百五十万，视巴黎可二倍，然屋舍无新旧皆黧黑，无洁白者。或谓以煤突太多，烟灰熏染，或以天时多雾，每年不过百日略见太阳。其实本无黄赤白三种之土可陶埴作砖者，自火车路俯视之，阖城无新屋，正以此耳。

伦敦屋舍外墙黧黑

伦敦有百馀年前古屋，若门心好司，为工部局。又有呵司皆此，为统领提督衙门。色莫衰忒好司，旧为王宫，今为度支衙门。（西名阿地忒阿费司，专管核销经费，与户部定款项出入者有异）又将未奴恶非司为内地税衙门，爱未耳台来求斯忒耳为海军用款衙门，皆是也。

英国用金钱重市平二钱二分者曰色伍伦，名之为磅。每磅兑二小金钱，重一钱二分，名哈分色伍伦。每一磅兑银钱二十昔林，重一钱四分。每一昔林兑小银钱，重七分，曰西本司，兑铜钱十二本斯，一曰辨士，重二钱七分。今磅价奇贵，由上海换英磅，每磅合库平银四两二钱，转兑德磅，已去经手费，今再以德磅兑换英磅，计四十磅贴去一磅有半，展转耗折，更不少矣。按英伦铸钱之局名门脱，有新式机器。自同治四年至十三年内，造四十四兆馀磅，十五兆七十馀万之半磅，十四兆馀福禄棱（值五昔林），四十三兆馀昔林。然每一昔林不及德国马克之重，而兑价过之，何也？其国中钞票，统由拔痕克银号印行，是银号专掌国债，每岁国家津贴二十万磅。现国债已积至七百七十兆磅。每日兑换出入约二百万磅。行中有印票房，每日印新票一千五百纸，自十万磅五万一千至五磅而止。其旧票存留十年者不复发用，每月有一日焚化。

银钱兑换展转耗折

英国倚印度为外府，虑俄之乘其后也，竭全力以护阿富汗。若土耳其属国之步罗嘎里，则以奥为邻，方恃彼为护符，故奥与俄争步而英不之攘也。近人多谓英君相以持盈保泰为事，如埃及乱党戕彼戈登，不肯发重兵相救。不

奥俄相争英意在埃

13,3,8

知英廷亦自有深意。彼盖无日不思取埃以握苏夷士河之管，遽平其难，则不能复以偏师缀驻其地，是以频岁以来，法人屡以退师为请，英外部延宕不从，职是之由。否则缅甸之役，何大害于英，而必欲灭此朝食也？卫藏通商今虽缓议，徙薪曲突，其何以为计耶！

午正十分，自由司登司对洵车厂登车启行。未初过挠忒挨姆敦，居民五万二千，有造靴大厂。未正五分，过洛克比，过惕连达河。

申初二十五分，过陪耳民亨姆，居民四十万，有大钢厂，又有造钮扣厂，专售中国，及镀金银作玻璃料各厂。又五十五分过克罗姆。申正五十分至利物浦，下车即客寓。计共行一千八百十八里。（一作立法铺耳）

造纽扣厂专售中国

利物浦在墨屑河之滨，为伦敦城外第一大城。居民五十二万三千，有船池二十七处，每年出入口货物值九千万磅，海关入税四百万磅馀。

过墨屑河为弼耳登海脱，居民八万四千。河底有洞，可通利物浦，如伦敦之华并。有船厂名来耳脱，福州定造蚊子炮船于此。（利物浦船坞最大者名卑阿庚赫脱卓克，造费三百万磅）

水底隧道

偕少岩雇车出利城，游近郊园林。林鲜古木，溪流高下曲折，西人作亭榭于涧侧，以供游憩。连日尘扰，对此觉清气袭人，足以荡涤烦衿，畅适怀抱。

初九日（晴）午后，上温孛里也船，住第十九号房舱。申初五十分开行，出墨屑河口。同舟士女坐一等舱者二百馀人。是日西南行出爱耳兰海。

爱耳兰境英水师埠

初十日（晴）晨，抵坤因司坦尔，亦英国水师埠也。在爱耳兰南境，有内外二口，外口炮台在山上，列炮二层，东西相向。西北有炮台亦在山上。内口有炮台，亦南北相向（北在平地）。自利物浦至此行九百三十里，属爱耳兰之高尔克城（一作科克），在偏西八度二十三分，赤道北五十一度五十分，利克河入海处也。水出爱耳兰最高山名企捉痕，高于海面三千四百一十三尺。未初开行。戌刻出大洋，不复见山屿矣。

十一日（阴），东北风起，浪花飞散舱面上如微雨。舟中人多坚卧不起。午正悬牌，行四百六十二海里，合中里一千四百二十里（后记海里据西法不注中里者，以一海里合中里三里又三分之一，可推而得之也），纬度赤道近北五十度五十三分，经度自伦敦偏西十九度零七分（后记经度皆仿此），海水深黑。

海水深黑

十二日（晴），风稍息。

午正行四百六十三里，纬度四十九度四分，经度三十度五十六分。

十三日（晴，夜月）午初，见一舟从西来，询系福棱吹代门船，自纽约往利物浦者。

午正行四百三十七里，纬度四十五度三十六分，经度四十度三十三分。

十四日（阴，申刻雨）午正，行四百五十里，纬度四十二度七十分，经度四十九度三十八分。戌刻，西人士

13,3,15

女征集乐歌，凡二十阕，少岩倚笛和之。曲终感赋五言一律云：明月出西海，客愁知夜深。有人倚长笛，邀我听胡琴。闻乐生新感，殊方冀赏音。玉关春已老，折柳为谁吟？

十五日（早微霰，午晴）午正，行四百五十九里，纬度四十一度三十三分，经度五十九度三十七分，自此水绿色。

十六日午正，行四百八十四里，纬度四十度四十二分，经度七十度三十三分。酉初始见干土，询之系龙衣司兰城长岛，有灯塔。自欧洲来美者看高山，山名内物沁克海仑此。

戌正一刻抵纽约，泊舟口外。 抵纽约

十八日（晴），晨起，见海口炮台在西岸者，一名汉墨耳吞，一名赖勿也脱，一在山上，一在山下，皆合土为之。东岸二台，一名获此缚耳脱，一名太姆肯此。过此四炮台，即见纽城。稍内左侧有爱利司爱仑脱炮台，左侧有二台，一名开司卫里姆，一名壳郎薄司。依山筑垒为土台二座，上置十五寸径二百二十磅弹炮十二尊，下层五百磅弹炮三十二尊。山后为兵房，上下二层，左侧有楼房，列炮三层，大小七八十尊，炮身大者不过重十一二吨而已。口中间有洲，为台一层，名拿非易，高二丈许，上土下石，有三十吨炮五尊，六十二吨炮一尊。按纽约为大西洋入口要冲，美之精华萃焉，故设防较严。城南八忒黎有旧炮台，其外口名三代霍克（译言沙嘴），去八忒黎十八英 海口炮台里，口门水深七拓至十五拓，口外沙浅处只四拓又四分之三，入水至深者皆可入其泊船，码头为天下第一。

辰刻，舟泊码头，刘宝森通判（玉麟）来迎。美例，除各国公使外行李须查验然后放行。余以护照示之，不能免也，仅许开箱一视，即闭不翻检，以白粉画押，有二三件未及开视亦号。验讫事毕，酬以美银二圆，岂西人巡役亦有此陋规欤？

住孛利伏耳脱寓。

纽约大概

纽约为南北美洲最大之城，在赤道北四十一度外，有长岛为之屏蔽，英伦西七十一度，赫次河侧。南北长四十八里，东西广十三里半。东面有厄伦脱索痕脱河（一名东河），又有小河名哈兰，上通赫逊，下通东河。两河于纽城之北有水相通，故纽城如在洲中。河左岸为直尔昔脱，右岸为薄耳克令。明万历三十七年，荷兰人布的逊寻觅新地，出鸟遮尔些长岛之间，得一海峡，至诺貌尔湾，设酒饮土人，众皆醉乐，名其地曰满巴但（译言醉宴）。后商旅踵至，筑垒防抄掠，名曰纽安特堤，时四十二年，今纽约是也。和人以金二十四圆买得其地，命其土曰新荷兰。康熙二十三年始属于英。乾隆四十年，美始叛英，六月，十三邦议员推华盛顿为元帅。四十一年三月，攻复波士顿。英兵欲取纽约，顿驰至，严修守备。七月始建国号，曰合众。纽约人民至蹴英王像毙之街衢。英将法宇率兵自长坞向纽约，日耳曼兵助之，顿兵败，弃城而退，自是为英兵所据，尝以重兵万馀人守之。四十八年西四月，

美始叛英独立战争

13,3,18

英美和成。十一月，英军始去纽约。今居民一百二十馀万，有乡居而朝入暮归者。又三十万人奉天主耶稣教者各半。

纽城街巷，以一、二、三、四为次。南北街为厄问渔，东西街为西忒利脱。中国领事署在九街第二十六号。偕少岩往晤易希梁州牧（学灏）、刘甫堂理问、随员（宗蕃），皆粤人也。华民居此者四五千人，所居名福储街，有小本经纪，馀俱以卷烟洗衣为业。爱士兰党人时相欺凌，自设领事后，稍资庇护。

纽约为通商要埠，百货萃集，商旅殷繁。通计每日往来出入之数约五十万人，可谓庶矣。市上车马辐凑，街衢虽宽广，颇积污秽。火车于街心来往，作铁架承之，人行其下。计全城地方一十万七千三百四十三启罗迈当。有信局极人，造费七百万圆。

街衢虽宽颇积污秽

是日自柏林来当为十七，而此间领事署谓是十八，盖自东而西，已少却一日也。

时差一天

十九日（晴），易领事来。午后偕少岩游森忒耳派克（派克译言林园）。其地有八百四十三爱克耳面积（每一爱克耳合英六马），林木阴翳。内有大湖，以自来水管通至城内，以便民饮。酉刻，易希梁招饮署中，全用华馔。有冬笋来自中土，王瓜、丝瓜来自古巴，园蔬风味，不减故乡矣。

二十日，由纽约乘马车渡赫次河。渡船系明轮。抵岸为直尔昔脱之火车行，购车票为华盛顿之行。每人往返十圆，睡房加十四圆。

直尔失脱城属怒传耳失邦，居民十二万馀。（赫次河一作赫逊河长八百五十里）南行二十七里至怒阿克，居民十四万，有工部房，用埃及造法。又十八里至爱黎才佩忒（译言上帝所居），居民三万人。

又四十一里至奴孛仑司卫克，居民一万八千，有书院近二百年。

又四十八里至泼林司敦庄新，近地有大书院，名泼林司敦喀来。

又三十里至忒林顿（一作突连登），怒传耳失邦都会也。居民三万人。有大议院、大信局、疯病院，去此无多即至喷司物尼也邦内。

又二十七里至仆来司拓耳，居民三千五百人。

费城为美最大城

又六十九里至费勒特耳费邪（一作费耳特猎斐），为美国最大面积之城，在得勒伐河之左右，南北长六十六里，东西广十五里至二十四里。街道砌石有九百英里，皆方整无斜曲。房屋占地大小一律，以每百号为次。康熙二十年，英人始垦斯土。乾隆四十年，十三邦人聚议于此，自立叛英。今每年七月初四日，尚群诵叛英之歌也。居民九十万馀。最盛者为绰斯纳此其，城内树林名法芒怕克，长二十一里，宽十八里馀，为各国园林之最大者。（内有万生园博物院）有大书院名直由赖耳特喀来吹，皆白石造成。法人商于美，获巨资，身后以二百万银圆助成。嗣后人增助有七百万圆。

13,3,20

费城往事

记乾隆四十二年西九月，英将法宇攻费城，华盛顿以兵八千人邀战，不利而退，城遂陷于英。四十三年春，克林敦代法宇为将，六月，弃费城归纽约。四十六年，英将华理司屡来攻，自春迄夏，所劫掠殆数百万。法人以军舰来援，始合破英兵。光绪二年，美人以立国百年，举赛奇大会于此。

自纽约至费城计二百七十里。

纽约邦所收税饷与出费，每年均在三十千零三百万之数。

去费城八十四里至卫耳民敦（属得勒伐邦），居民四万三千。

又三十六里至奴阿克，属昧利兰忒邦。（译言摩利地方）

又六十六里至懈孛特克谐司，过苏司克哈奈河，有铁桥甚长。

包剔木阿（巴尔的摩）

又一百五里至包剔木阿，在派太泼司卡河之侧，美国通商埠也，居民繁庶，有三十四万人。去海口二百里名怵司比佩（甚深长），有白石造成华盛顿大柱，高一百七十六尺半，上有华盛顿铜像，高十六尺。

包城藏书楼

包城藏书楼七万五千本，可借与民间工匠，英人坡白苔所助，今名因司剔吐脱（译言公所），别有规矩，堂名昧酒尼克吞作耳查，其人生平无过失者方准入堂。有园林名特路一脱喜耳派克。近处有勿度类耳喜耳山，可俯视阖城，惜未及登览。

由包城至华盛顿计六十六里，过山洞二，一在包城外，名火萨克忒罗，长六千九百六十九尺，一名由尼恩忒拿（忒拿洞也），长三千四百十尺，皆于山石最坚处挖成，计共费四百五十万圆。

抵华盛顿　二十一日，将近华都，又有一千五百尺长之山洞。既抵华盛顿，有翻译梁震东贰尹（诚）来迎，因往住使署。

晤参赞徐进斋观察（寿朋，绍人，直籍）、瑞仲兰太守（沅，旗人）、彭小圃刑部、翻译何飞鸾司马（慎之）、随员谭子刚、钱汉生、许静山孝廉（珏）、姚竹朋通判（家禧）、张钱伯从九（佐兴）、李学庵巡检（春官）、顾敬之从九（士颖）。

见张荫桓　见张樵野星使（荫桓）。樵使属竹朋陪游各处。先过户部署，长四百六十八尺，广二百六十四尺，为楼三层，房二百所，造费六百万圆。又过华盛顿立石，谓之华盛顿漫由门脱（译言记号），高五百五十尺（初拟造六百尺），为宇内之最（在可仑礼拜堂之上）。入油画院，西语可克仑阿忒格罗来，有名画二百幅。过格致堂，内为博物院，凡金石勒植机器等物分门罗列。有蜡肖华人男女日本人男女诸像。相近侧有植物花园，佛桑含笑来自粤东，秋海棠种类不一，高可数尺，花朵娟秀可爱。

美议院　过议院，西语谓之喀必拓耳。其华丽为诸国所无。院长三百五十二尺，广一百二十一尺，两翼每长二百三十八尺，广一百四十尺，共长七百五十一尺。四围有水法，列白石像，正门以炮铜为之，高十七尺，广九尺（德国

13,3,21

造)，重二万磅，雕刻西班牙人科仑仆司觅地初至美洲之事，价银九万圆。左右翼亦有铜门，视正门稍小，价四万圆。中间为圆塔筒，径九十六尺，自地至内顶二百四十一尺，上顶三百零七尺六寸，内有图画，为神像六十有三，费洋银四万圆。上有铜神像，高十九尺又半，名立孛耳梯(译言自主之神)。院左右分上下议院。

下议院房长一百三十九尺，广九十三尺，高三十六尺，以铁为顶板，有各色玻璃四十五片，合成美国旗帜。堂东偏有华盛顿像，又左有石像，为拉菲也脱，法提督助美拒英者。 下议院

上议院堂长一百十三尺，广八十尺，高三十六尺。 上议院

上按察院在旧上议院房，半圆形，长七十五尺，广四十五尺，高四十五尺，下有楼，藏律法书三万本。

出圆台下西门，有议院藏书楼四十五万本。凡美国人著书，必先送一本藏于此楼。嘉庆中英美再开衅，十九年六月，英将卢须以兵四千袭华盛顿城，大统领以下狼狈出避，英人火政事堂，饱掠而去，今书楼藏本皆新置也。

出院门，车行十五六里，一路多冈阜林木。至一处，为老兵院。凡兵丁因事受伤及立功退老者咸养焉。竹朋邀共访一西友，又行三里许始抵其家。村舍二层，亦颇精洁。时主人外出，老妇出见客，子女四五人，茗谈琴曲，相对怡然，日暮辞归。

华盛顿都城地方不在列邦之内，名的思忒列克脱阿夫科仑比亚。前临包多麦河，包山倚涧，气象雄伟，街衢宽 华盛顿为哥伦比亚特区(D.C)

阔，甲于宇内。居民十五万人，黑人居十之六。屋舍疏朗，无稠隘之患。茶寮酒肆亦复无几。盖诸事草创，犹有朴茂之风焉。（美人不甚饮酒）按嘉庆五年始建国都于此，以华盛顿生于此地，故受称焉。旧属玛费二邦界，荆棘满地，居民寥落，建都以后，百废俱举，号为天府。闻去此十五里地名恤忒物能，有华盛顿墓云。

亥刻登车，循旧路而回。

美国不重武备

美国地大物博，不尚武备，陆兵常额不及三万人，所有铁甲船皆旧式，甲厚不过六七寸（仅一船有十一寸），速率皆十海里以内，炮皆生铁前膛（拍勒得厂造），无来复线炮弹，惟硬铁重三十六至四十五启罗，能穿铁甲一百二三十密里而已。水师陆垒无一足观者，故此行不事登览。

二十二日（晴）晨，抵纽约旧寓。偕宝森观铁桥，跨赫次河，长五千九百八十九尺，广八十五尺，从水面至平板高一百三十五尺左右。筑塔高二百七十八尺，广一百四十尺，悬钢丝巨绳四条，每筒径十五寸又四分寸之三。中间容轮车来去。车行以电气附铁绳而行，不用煤气。两旁为马车道，上层为行人往来。自始造迄竣工凡十三年，造费一千五百万银圆。西人计每方寸可胜十六万磅之重。车马过时收费二角五分。过河即薄耳克令。（《使美纪略》作布绿连，居民五十七万）

午刻，偕宝森至公司行换车票。酉刻过东河上轮车。

卧铺票价

初购定车票时未有睡榻，至是增购卧房。自纽约至尼

13,3,22

亚加哈需洋银七圆，尼亚至切考哥十圆，切考哥至乌木哈十一圆，乌木哈至奥敦二十八圆，奥敦至金山二十二圆。

酉正二分，车发纽约车厂，名格兰生（译言大）忒洛耳（译言重）特坡（译言车厂），循赫次河右岸向阿耳孛尼而行。河岸石壁陡立，高三百尺，长二十里，地名盼里赛因司。

四十一里过洋凯司，富民所居。

又七十八里过披克司犬耳，山水幽秀，隔河为韦司朴痕脱，有美国武备学堂。

又六十六里过薄克泼腮，有女学堂名梵腮可吹仑。

又一百二十里过赫伥，居民一万三千，海船至此而止，隔岸有喀此企耳山。

又八十四里过阿尔盆尼（纽约邦都城），居民九万。

又四十一里过司克纳克特台，循马学克河而行（水流甚急），有长桥一千尺，过河有大书院。

又一百七十一里过立忒耳福斯，左右见山石壁立。

又六十三里过由惕克，居民三万三千，有制造厂、疯病院。

又四十二里过何姆（即罗马之转音），居民一万二千。

又一百十七里过秀拉久司。

二十三日（晴），又西行二百四十六里过拉川司台耳，居民九万，有大书院。由车上右观瀑布。是处瀑高一百二十尺，名尼亚吉拉。 在车中观尼亚吉拉瀑布又一百六十五里过洛克罢耳脱（译言水闸），地多水闸，皆为二门，以便启闭。

又四十七里至所司奔洵孛仑吹（译言大桥），有车厂人来迎，遂下车，将行李寄存道旁，雇马车至客寓。用早膳毕，粤人李阿金陪观瀑布。

美洲有五大湖

美洲有五大湖，最西为苏丕利阿湖（一作安迭里阿）、蔑士根湖，合而东下注为休仑湖，南流至抵特落下注而东为依利湖（一作依里），东北至奈阿葛剌陡狭，又下注为安他利奥湖。瀑布上受四湖之水，故悬流极大。由是东北行至喀那大境，为圣罗连士河，入于海，计长六千四百五十里（安他利奥湖英美以此为界，南美北英，依利湖、休仑湖、苏丕利阿湖亦然，蔑士根湖全在美国境内）。

喀那大（加拿大）

循大河至第二挂桥，桥名内爰乔耳悭脱里伏孛里吹（去第一桥三百尺），长八百九十五尺，高于水面二百四十五尺（全钢造），中间有塔，塔高一百三十尺，光绪九年完工。河宽二里，初有急水至瀑布处，在美境者高一百六十四尺，在喀那大境高一百五十八尺，中有洲，名驾德爱仑脱，分瀑布为二半，共宽四千七百五十尺（在美境宽一千一百尺），谓之马蹄瀑。下流可渡以小舢板，游者或穿油衣行过瀑下。

美境有一桥通驾德爱仑脱，收税洋银半圆。桥下水流甚急。从此又有一桥通怒那爱仑脱，可下石梯至瀑布下流。梯下有叉路右通开伏温司（译言风洞）。有人算每一

13,3,23

小时得下水五百兆立方尺。

驾德爱仑脱上有三小洲，皆有桥相通，可观瀑。上急水一名福利色司忒司（译言三姊妹）。

由新挂桥往喀那大桥，名怒色司奔洵孛里吹（费二角半）高于水面一百九十尺。同治八年完工，费十七万五千圆。挂桥两首有塔（美境一百尺，喀境一百零五尺）。过桥有暮齐姆（译言博物院），相近有台孛耳洛克（译言桌面石）。登楼观瀑，水气溅衣，奔流激沫，散为飞雨，斜日返照，蔚为虹霓，真宇内大观也。 连接美加大桥

循旧路回至美境。有花园名扑学司呸克派克。去此九里许有缚尔坡耳，观大旋涡，即瀑布下流狭处（广一百二十尺）。

未初仍登车，过所司奔洵大桥，入英属之喀那大境。行三十里过生喀罗楞司，有盐井、硫黄井。

又九十九里过汉摩登。

又五百五十五里至问坐耳过渡（休伦湖、依利湖中通处），回美国之的忒来脱（属蔑耳根邦）。渡船长广平其两端，容火车四行，每行四两。戌初抵岸，少停即开行（中为汽机，两旁为锅炉）。的忒来脱，居民十四万，前明时法人首事开垦，嘉庆中始属美国，海船大者可至此，故商贾为盛（一作抵特落）。 的忒来脱（底特律）

二十四日（晴），又一百十四里过恩阿琶，有蔑士根邦之大书院（一作密世幹），长三百四十七尺，宽一百四十尺，学徒一千二百人，内有测量天象台。又有小学院，

女学徒一千人。

又一百十四里过且克司，有按察院。

又三十三里过派合迈，有喀勒麦苏河，平田产麦最盛。

又六十三里过麦算耳。

又三十六里过拔特克吕克（地多磨坊）。

又六十里过喀勒麦稣，有书院、病院、制造厂。

抵切考哥（芝加哥）

又一百二十里过内尔司，在生宙锐夫河之侧。巳初抵切考哥（一作世克哥），停车住萨门客寓。

切考哥地临蔑士根湖，跨切考哥河左右，因以为名。在赤道北四十一度五十分，华都偏西十度三十三分。嘉庆九年始开时，惟有野人与白人交易。至道光十年，居民不过百人，今已有六十五万。地为东北通衢，火车来往交汇于此，商务以米面牲口为大宗，市肆繁盛。华人居此者约千馀人，以卷烟为业，属衣邻奈士邦，为美国西邦第一。

西刻乘马车过河，看起水机器。筑水池正方，高一百三十尺，以机力吸泉水入池，通灌民居。机器二副，抵马力四百匹。出，循湖岸行，过大园林。园中树皆新种，有奏乐亭台三四处，夏日游人坌集，咸憩息湖滨，近已有人筑堤置屋，数年以后，必成佳境。湖广二迈棱，绿水漪涟，平望无际。归时满街灯火，多半用电气。（大街名司代司吹脱）有书院名由尼物司梯厄夫切考哥，内有测望台，大千里镜推光电，离目二十三尺，筒径十八寸半。有信局与税关，合长三百四十二尺，宽二百十尺，造费五百

芝加哥大学天文望远镜

13,3,25

万圆。

亥正登轮车，开行一百十七里，过奥罗赖有缚克司河，居民一万二千，有制造厂、修理火车厂（工匠七百人）。

又一百二十九里过闷度太，居民五千，多务农开煤矿。又二百四十里过盖耳斯罢克，居民一万二千，有书院二所，藏书楼数处，制造厂。

二十五日（晴），又三十九里过闷莫夫，有书院数处。

又八十七里过巴耳林敦，居民二万。过密士失必河。河岸陡峻，为哀胡卫邦之要城（哀胡卫一作哀倭洼，一作阿华大）。

巴耳林敦（伯林顿）

密士失必河发源于苏比利阿湖（一作温尼壁哥士），南流入海，长约万馀里，为天下江河之最。火车由河桥（铁造）而过，桥下轮船往来络绎。地宜葡萄嘉果。有书院、礼拜堂数处（苏河上受萨士卡察万河，河有南北二源，皆出落机山）。

密士失必（密西西比）河为天下河流之最

又八十七里过茫脱泼来生脱，居民五千。

又六十六里过费阿废耳脱，有并格西铎克吕克河。

又八十四里过阿士姆韦，在代摩因河侧，居民七千，商贾颇盛。

又六十六里过阿耳比亚。

又九十里过且来墩。

又七十八里过阿西棰阑。

又一百二里过克来司敦。其地水分二流，一入密士失必河，一入密疏利河。居民二万二千，有书院。密疏利河出美西北落机山东南，流行一万三千二百里，会密士失必河入于海。

又十二里至孛拉夫司，换车并换行李铜牌。过密疏利河铁桥，即尼不拉士格邦之桠墨霍也（陈记作阿麻虾，李记作阿马哈），桥长二千七百五十尺，宽五十尺，桥有十一洞，其柱以铁管为之，筒径八尺又四分寸之二，管厚一寸又四分寸之三，内实以赛门得土，高于水大时五十尺，计造费一百馀万圆。（陈李记斯桥互有详略）自切考哥至此，计一千五百六里。酉正换车，戌正开行。

铁桥

自纽约至此，俱于车中打尖，至是以后，始于道旁就食。且一路皆平沙广漠，不见林木矣。见土番，赤面披发，短衣红袴，踞坐各车厂路隅，西人呼为因地，即印度之转音也。

印第安人

自桠墨霍循泼辣忒（一作批辣特）河而行（约一千二百十里）一百四十一里，过福利门脱。

又一百三十五里过壳仑嘿司。

又一百二十里过生触耳赛逮。

又六十六里过克阑代爱仑脱。

二十六日，又一百二十三里过畎耳内。

又一百八里过泼仑姆克吕克。

又一百八十里过登伏椿询。

又四百三十五里过川寅。此地远见大山（山之最高

13,3,27

处有万四千四百六十四尺)，山名学克芒囮司，《联邦志略》以此为落机山，常有积雪。从此慢行上山，车路上时有木棚遮盖，惧积雪碍道。(川寅居民六千人。初上山顶三千二百四十二尺)

又六十九里过寅合门(一作色闷，一作沙门)，为宇内最高之车厂，计高于海面八千二百三十五尺，自此下至平地，犹有牧羊，名赖拉米泼来因司(译言平地)。

又六十九里过赖拉米昔台，居民四千，有修理机器厂。近三十里有金矿银矿，铅锑银朱各矿，采炼各厂。

过此平地，仍循诺脱孛拉脱河而行。

二十七日，又一百三十二里过漫斜。其地山水最佳。

又二十七里过学克吕克。自椏墨霍以西，俱有华人。昨午尖地至洛士丙冷，去岁土人杀华民于此，凡二十八口。闻美廷允恤十四万圆。一路派官兵弹压，每逢下车就食，各兵站立护卫，车上卧房，管车者必小心关锁。 土人杀华民处

又二百十里过缚脱勿仑忒司的耳，仍上学克芒囮司山，见峰峦耸拔，多作廉贞形，山皆黄赤色，水流亦然，草皆荆棘，近水际者其苗或赤或黄。

又一百二十六里过克来司敦，译言分水界也，东入大西洋，西入太平洋。

又行地旷野三百三十六里，过格利因虑伏耳司对询。又三百六十三里过华白山吹。(自川寅至此属韦椏民邦)相近有乌太邦之盐湖，名沙耳忒来克(湖水高于海面四千二百尺)。

自此历山洞五处，共长二千尺，洞石甚坚，不用砖切。

又三十三里过看拖学克，始见山凹有林木数株，一路削壁，赤如城郭，有似人物奇怪之形，然皆细石结成，镂空划削，非纯石也。（近凹墩数里见杨柳桃李花）

又一百七十四里至凹墩，属乌太邦（即犹太）。酉正换车。居民六千，四围皆高山。有分路至所耳来克，摩门教所居也。教首名孛利阳，所奉之教亦如耶稣，惟一夫可娶数妻，与西俗不合，不容于东土，乃自行觅地开垦。道光二十七年七月，率其徒三百人徙居于此，今四十年矣，生齿已十五万。其礼拜堂最雄壮，可坐一万五千人，造费一千兆圆。近美廷仍议禁制，未知后此何如。（陈记教首临死有姬妾十九人，小儿女六十七人，成丁者不计。）

摩门教徒一夫多妻不容东土

自榧墨霍至凹墩三千零九十九里，从此至旧金山二千四百九十九里。铁路造费，计第一段一百十二兆二十五万九千三百六十圆，第二段三十八兆八十二万四千八百二十一圆。路旁有三百火车厂，创始于同治二年，至八年落成，通行无滞。其路从山岭过者名为呸悉非克（译言太平洋路）。

戌正自凹墩行，七十里至柯林（陈记作哥连），地颇繁庶。过此即大盐湖。湖在山顶，长二百五十八里，广一百六十五里，居民多煮盐为业，有灶百七十座。过湖不远为讷梵大邦。又六十里过泼洛门多利朴痕脱，东西两公司铁路相接处。

13,3,28

二十八日（晴），自盐湖以西名为美国沙漠，一路无青草，有草最干高五六寸，亦棘类也。动物惟有四足蛇及大耳野兔。微风偶起，尘沙扑人。车路道旁储水，以济缺乏。又五百四里至烘罢而脱物而司，始有泉井，然有井深一千七百尺尚未见底，亦一奇也。 沙漠之地

又一百七十一里过受耳柯，居民一千二百人，有大学堂。又四百三十二里过问讷木卡，有矿。

又一百二十六里过烘罢耳脱，见巉岩一带，如云林画幅，沙漠中最佳处也。

又二百八十五里过获此伏耳司，仍升高过色拉讷梵大山（一作诗拉尼华大，《联邦志略》以此为白锯山），山高处一万四千四百四十尺。又一百二里过利拿（讷梵大邦梵尔沙之首邑），居民二千人。（华民三百馀）

又一百二里过杜溪（属喀拉方尼亚邦），在杜溪河北，居民三千人。又四十五里过色密脱（译言峰顶），为第二段火车路最高处，计高于海面七千四十二尺。

落机山起于俄国属地，直穿英国属地，下接联邦西北沿及南方墨西哥国，高一千五百丈，离太平海约远十度。

二十九日（晴），又一百五十三里过丌朴儿山，峰峦奇峭，地名柯尔凡克司喀。

又过色克门杜（一作沙加免杜，喀拉方尼亚邦都会），在色克门杜河侧，华民居此者甚众。见草木便蕃，畜牧滋盛，居民三万人，有制造局。 华民居此者甚众

又一百六十一里至培尼宣，居民一千八百，河通巨

舶，有船载火车过渡。又行八十一里至桠洛阑脱，旧金山商人多于此避暑。车行止于此。视表针已午初矣。有郑鲲侣翻译（鹏翀）、程甫堂大令（赞清）来迎。

抵旧金山

午正上渡船过河，行九里抵三藩昔司柯，住我国旧金山领事公署，晤梁蓬云总领事（廷赞，粤人，户部主事）、彭禹廷随员（瑞麟，蜀人，山东典史）、吕杰卿（春荣）、欧阳少白翻译（庚）、学生易景卿（廷祺）。金山为太平洋贸易总汇之区，华人来此者六七万人，租屋设肆，洋人呼为唐人街。六会馆之名，曰三邑，曰阳和，曰冈州，曰宁阳，曰合和，曰人和，陈侍郎《使美纪略》已详记之。别有中华会馆、肇庆会馆，此外名公所者无虑数十处，皆有绅董经理。董事有正副，皆商家聘请，每月束脩百二十两，公费三十两。华民皆粤产，自闽来者不过百之四五。有戏园二所，一名丹山凤，一名杏花春，皆粤腔。近爱利士党人结盟与华人为难，时揭旗聚众，无故杀人，领事署中必预告美总督，饬巡捕站立华人各街口，不许彼族入街，并禁华人入洋市上，其势盖岌岌矣。

陈兰彬使美纪略

唐人街

各种会馆

旧金山在半岛上，长九十里，阔十八里，背面为太平洋，内有海湾。

三十日（晴），出过派勒斯客寓，所谓九层楼宫府也，长三百五十尺，广二百七十五尺，为楼九层，客房七百五十五号，饭厅三处，容二千人，计造费三百二十五万圆。寓中服役多粤人及黑人。访西友于顺他尼，不值。偕鲲侣出过唐人街、华盛顿街、醉春街、都板街，西语谓之

唐人街

13,4,1

且尼司跨忒耳、曰索克门特司吹脱、曰壳袜司吹脱、曰拖滂司吹脱、曰孛色非脱司吹脱、曰且克司吹脱，皆是也。过阳和会馆，门首有陈兰甫（澧）书联云：阳光满大宅，和气泛天池。又过宁阳会馆，晤陈紫荃孝廉及副董事孔熙亭。市上所见，凡店面装饰招牌，皆中国款式，华人居此者不改冠服，不入礼拜堂，亦可取也。酉刻，领事署设席宴客，食品多华产。

旧金山于道光十五年始有房屋，二十八九年查有金矿，居民渐多，今有三十万馀。大街名马克司吹脱，夜间皆用电气灯。街车不用人马，以机器运动巨绳曳轮往返，地势高低不一，马力不及，故作此代之（轨道中有一条直线）。平路公车亦有用马者。其造钱公所名由奈忒司代司门脱（译言合众国钱），大银号名喀勒方尼哑班克，股分公所名袜耳春爱克司春吹。

四月戊午朔（晴），在美国旧金山领事公廨，鲲侣、甫堂邀游王家花园，西语谓之哥耳腾盖脱派克，即金门树林也。面积有一千四十三爱克耳（每一爱克耳合六马）。入花房中，见一种兰，叶短而阔，花大而肥，干柔弱而长，分作二三歧，每干可四五十朵，有紫白、蜜黄、浅黑诸色，云出自墨西哥国，生山谷间，根抱木，移时截木一段，以铁绳悬之。又有石斛甚大，能作花，亦如兰朵。疑所见阔叶似兰者亦石斛之类，深山久年，根节肥壮，乃成此奇葩耳。 旧金山王家花园

过园中加非馆小饮。美国人不事群饮，自纽约、华盛

顿至此，所见加非馆甚稀，不似巴黎、伦敦、柏林诸城，随地皆是。出循海岸，至山麓一楼观潮。楼俯临水石，近处有三四小岛，海狗数十头偃卧石上，吠声嗥嗥，时而出没波中，四足鱼尾多褐色，亦有黑者，华人谓之海狗山。余曩在柏林戏园，见有人教海狗弹琴打鼓敲锣击钹诸戏，迟速应节，最后令一小童没入水中，则诸海狗咸跃入衔救，岂兹蠢物亦有灵性欤？

华人酒馆

旧金山华人酒馆，以会仙楼为最，造费二万馀圆，陈设雕镂皆华式。远芳楼次之，杏花楼、乐仙楼、万花楼又其次也。华人居此者，乐具食物俱用华产，菜蔬赁地自种以售，惟麦粉牛奶市诸西人。数年获有资财，即归故土，无入美国籍者（中美条约本不准彼此入籍）。然亦有不是处。往时粤匪馀孽渡海窘居，党羽滋盛，自立会名若所谓公道堂者甚夥。粤妓来此，每人索身价二三十元，娼寮每月纳私费，否则不堪其扰。又间为窃盗，如西人清晨每户送牛奶面包置诸门外，唐人乘其过后窃而收之。或伺西人深夜独行，劫取财物。于是美官有唐人夜半不准入西市之禁。近有华工以妒奸杀其主妇，西人华署均悬赏购缉，尚未获也。

中西义学

领事署邻近有中西义学，每日自酉至亥，时闻弦诵之声。酉以前均学西文，不事口诵，故也。

初二日（晴），致刘芝田星使书。过派勒司客寓，晤于顺司他尼。

西例，凡各国人侨居境内，并归地方官管辖，词讼由

13,4,3

有司审断，各国驻有领事不得与闻，即判断不公，准该原被赴美都上控，故领事名为保护，实无寸权。此间华民自相口角，赴会馆投诉，绅董为之排解，不已则诉诸领事，第以口舌相劝而已，无牌票可拘审，无刑具可笞押，不能禁其为非。又中美条约无互交逃犯一节，虽欲驱逐匪人递解回籍，亦无可持之柄。近梁君具牍请樵使与美廷商议交犯，此事若成，官此者当不致束手。 领事之名实无寸权 中美间无引渡条约

初三日（晴），偕少岩、于顺司他尼过黎海笛司层，因偕游海狗山。过园林（是日礼拜，听乐座俱满），至海岸闲步。潮际沙石坚紧，潮退可履。申刻于酒楼团饮，薄暮始归。

西女或赤足踏波，与潮为戏，或于海滨拾螺蚌及五色文石，以相赠诒。闻夏日游人尤夥云。（三藩昔司柯河长五千四十里）

初四日（晴），致张樵野星使书。蓬云招饮会仙楼，鲲侣、少岩、少白同坐。

初五日（晴）午刻，上森拍孛罗船，蓬云、鲲侣、少白来送。申正初刻二分，自旧金山启行。出口见两岸炮台，台皆石垒，北岸炮台名哥臣计第，计地在半岛尖处，炮皆露列，亦有隔堆。口门广五分里之四，水深三十九拓至五十五拓，中间有一小岛，筑垒置炮，有五十吨者二尊，馀不尽大。酉刻出金门。初犹沿北岸而行，一二时后一望汪洋，不见边际矣。入夜颇有风浪，船辄簸摇。人言太平洋自三月以后无大风，惟有慢衣软浪。同舟者上等舱

位共十九人，统舱中有华人九十馀名，日本人十馀名。

初六日（晴）午正，行二百海里，纬度三十七度四十七分，经度自英伦偏西一百二十六度四十分。

秘鲁华人

华人郑姓商于秘鲁，今回华，同舟，为余言：秘鲁华民初有十馀万人，现只有六七万人。秘人初甚苛待，近工限俱满，来者寥寥，因更欲招徕。樵使不欲华人更往，未之许也。六七万人中有一万五六千作工，馀俱自作生理，亦有中国戏园。（古巴亦有二戏园）

自秘鲁过巴拿马至金山，计程一月，一等船价二百三十馀两。其天时冬日长夏日短，冬热可御单衣，四月以后必衣棉，盖赤道远，夏令反寒也。

初七日（晴）午正，行二百七十八里，纬度三十七度三十三分，经度一百三十二度三十一分，海水深黑。

森拍孛罗船身甚小，压水力三千一百十九吨，光绪十一年下水。初行时颇较美境各船为速，近始于上舱面漆盖舱房，容一等客居住，并新置电气灯，然船底未及入坞刷刮加油，故速率少减，现计每一小时行十一海里，以视大西洋之温孛里也船一小时行十八九海里，相去远矣。

初八日（晴）午正，行二百七十九里，纬度三十七度十八分，经度一百三十八度二十二分。

初九日（晴）午正，行二百七十七里，纬度三十七度十五分，经度一百四十四度零九分，海水深蓝色，去金山一千零三十四里矣。

初十日（早雨晚晴）午正，行二百七十里，纬度三

13,4,11

十七度十分，经度一百四十九度四十七分。

十一日（晴）午正，行二百六十里，纬度三十七度八分，经度一百六十度五十四分。

十二日（晴）午正，行二百七十里，纬度三十七度九分，经度一百五十五度二十五分。

十三日（晴）午正，行二百六十七里，纬度三十七度六分，经度一百六十六度二十八分。为粤人陈少磻（献孚）书扇。

十四日（晴，夜雨）午正，行三百八里，纬度三十七度九分，经度一百七十二度五十四分。

十五日（雾）午正，行二百九十三里，纬度三十七度四分，经度一百七十九度一分。

十六日（阴），西风逆浪，船颇颠侧。午正，行二百九十四里，纬度三十六度五十二分，经线偏东一百七十四度五十二分。西人以是月为五月初八礼拜期，盖自东而西日行渐迟，至此必减却一日也。然彼人行海自据英国海图，故于太平洋海上去伦敦一百八十度时，以来去为重减，若中土纪时，应于大西洋海上距北京一百八十度处作加减耳，故此次行抵纽约，即以领事署中所纪时日为正。 国际日期变更线

十七日（晴）午正，行一百七十四里，纬度三十六度三十分，经度一百七十一度十五分。入夜风息。

十八日（晴）午正，行二百五十三里，纬度三十六度零五分，经度一百六十六度零三分。

十九日（晴）午正，行二百六十一里，纬度三十五

度五十一分，经度一百六十度四十一分。

二十日（晴）午正，行二百六十四里，纬度三十五度二十九分，经度一百五十五度十五分。是日见海中有波纹，赤色，连日均有飞鸟。舟行破浪，见一种小鱼极多，大小不一，形似鸡蛋，有鬐。又尝见大鱼，吹沫如西国水法，上激数丈。

廿一日（阴）午正，行二百九十九里，纬度三十五度八分，经度一百四十九度十分。

廿二日（大风雨）午正，行三百十八里，纬度三十五度三分，经度一百四十二度四十二分。入夜风静。

雪山火山对峙

廿三日（晴）寅初，见塔灯。卯初近江户湾，见雪山与火山对峙。舟行指北偏西一字。入口见北岸炮台二，皆筑土，亦有隔堆。外口广八海里，水深三十六拓又四分之三，内口广六海里，水深二十拓至四十八拓。南岸一台，远望不明，口中间亦有一台，盖就南岸沙嘴培筑以成，颇宽广。闻日人筑台用西法，炮用克虏伯、阿姆司汤二厂，近试验得克厂为胜，曾延得克厂工人来日自行制造，其人旋死，现能自铸。陆路小炮有一尊运寄天津呈送李傅相，不知果适用否。江户湾口北岸炮台实踞形胜，凡各船出口须近台前，每大雾时船行时虑触坏。辰正抵横滨，西人谓之由呵哈迈。有法人在租界设大客寓名格杭霍

日本海关不用西人

探耳（译言大客寓），到船来迎，因赴之。登岸过税关，以护凭示之，方免开验。日关上所用皆本国人，不用西人司事。西商到此，随身箱簏照章开视，俯首贴耳，无有异

13,4,24

辞。午后至我领事署晤阮水三理事（祖棠，越人，江苏同知）、沈振之工部（铎）、刘静臣通判（坤）。水三属移日本旅舍，因迁寓山崎屋六桥楼。楼临水际，屋舍精洁，入门脱履，登楼席地而坐。

廿四日（晴），偕水三、静臣过日新楼浴室。初，东人男女同川而浴，开港以后，知为异邦人所讥，因设禁令，将一室隔分左右，壁间尚为小池，其下通贯，可容二人，从楼上视之，裸体呈露，不以为耻也。闻乡间衢路尚有浴盆，不能尽禁云。 日本浴室

看画院。院中多近今人手笔，标价目甚贵，然已售者亦不少。静臣邀过酒楼小饮。侍者奏乐，用三弦，以牙拨之，小者以手拍杖鼓，又有琶鼓，以双槌挝击。赏以杯酒，饮毕洗酌还敬，来去必叩首甚恭。

横滨埋事署（系购买）有袖东楼，陈参赞允颐书楹帖云：驰驱三万里，溯欧洲返棹，旸谷乘槎，即今寰宇同风，汉徼唐封仄复仄；更上一层楼，看析木通津，扶桑互市，从此海隅丕冒，尧天舜日无时无。

廿五日（晴），邀静臣、宝森饮于山崎屋。

廿六日（晴），振之招饮远芳楼。楼中陈设皆中国器皿。水三、静臣、宝森、少岩同坐。

廿七日（晴），偕振之过铃木一郎照相，又过中华会馆。

廿八日（晴），罗宝森母氏寿辰，偕少岩往拜。署中设四席，东京使署各员多来称祝。

廿九日（晴），水三招午饮，静臣、振之、宝森同坐。午后偕静臣、振之过高岛饮茶寮，览横滨形胜。初，日人筑火车路，应远绕山麓，有富家出资筑堤，径海堧以通道，日君嘉之，赐以山园，乃莳花筑室，曲折有致。其依岩小松，修剪如绿茵。列坐茗肆，翛然有出尘想。过青木山寺。寺门大书不许荤酒入山门及法花三千部供养等字。寺侧丛葬多以木板书佛号，云以照护亡灵。盖日人不讲地理家言而信奉缁素，且卜兆皆官为择定，不许私葬故也。高岛山下有炮台临海岸，上土下石，炮位不甚大。

大清公署

三十日（晴夜雨），巳初四十五分，偕宝森、少岩赴东京。过川崎，又过大森，巳正三刻至新桥，抵大清公署。署系故侯第宅，以八千馀金购得之。晤陈哲夫中书（明远）、杨星垣直牧（枢）、姚子良通判（文栋）、淞健甫笔式（林）、陈访仲通判（衍蕃）、严凤笙贰尹（士琯）、葛佐人州倅（能存）、陶杏南太学（大均）、孙圣与明经（点）、徐少芝（致远）。

横滨近岸一里水深四拓，近岸二里水深四拓又四分之三，将近东京，有炮台六座，峙立海中。台皆旧式。日人初筑此以防西师。距京城三海里东京东第三炮台，有灯塔，近台二里水深二拓又四分之三。自横滨至此铁路购自西人，现由东京接造，通至内地七百馀里，已近北海道，皆民间公司自造。（横滨至东京上等车位一圆，中等六角，下等三角）

午后星垣邀过上野，有故将军德川氏家庙及墓道，有

13,4,30

博物院。上野为东京名胜之一，山名天龙，多樱花，花时游人如织。下临小西湖，放生处也，亦名不忍池。荷叶初上，新绿未齐。有堤通湖心亭阁。湖四围旧多酒楼茶肆，维新后改为戏马场，殊杀风气。（亭侧有靄厓居士退笔冢之碑，嘉永间立）

日本官署甚精致，明治以还，改仿西式，若大藏省、养育院等皆是也。去年皇后（名哈罗姑）始为西装，官民妇女亦多效之，然行路踽踽，亦殊可哂。 日人穿西装走路可笑

过浅草寺。寺为唐时造，规制一如中国。有木塔七层。中有公家花园，有动物院，仅一虎一熊一豹一孔雀之类，以视西国万生园，相去远矣。

酉刻至偕乐园赴哲夫招，同席有副岛种臣，前驻华公使也，有宫岛栗香（诚一郎），现官翰林，又诗人向山黄村（荣）及使署诸君。黄村以新刻《游晃小草》见赠，副岛席上有诗，余依韵和之。

日本大政卿伊藤（博文）曾来中国，犹有慕华之意。外务卿井上馨则藐视上国。副岛之意不以为然，喜中国士大夫往来，在彼族中亦可谓难得矣。

东京城四重，为螺旋形，濠沟深广。顷王宫改造西式，尚未竣工。居民二十五万，华商六七千人。

东京浅草寺有楹帖云：实相非庄严，金碧装成安乐利；真身绝表象，云霞画出补陀山。

浅草寺有八岁童子有马赖之擘窠书浩气二字，笔势雄挺。 童子书法

会馆楹联

横滨中华会馆有楹帖云：福地枕蓬壶，采药灵踪，仙去尚留秦代迹；好风停桂棹，扶桑乐土，客来重访赖公碑。南海陈文瑞笔也。又一联云：上国此停踪，记从画鹢飞来，帆叶饱张青翡翠；仙瀛今在望，只向金鳌踏去，钓竿艳拂紫珊瑚。何文雄撰，黄敬祐书。

日本水师

日本水师有二屯，一驻大津港，一驻鹿儿港，兵额四千人。所有扶桑舰为英厂代造，三千七百馀吨，马力三千八百匹，甲厚九寸至八寸，速率十三海里，亦船腰炮房旧式耳。比睿金刚甲厚仅四寸四分，龙骧一千四百吨，东舰七百吨，购英美旧船，甲薄盖不足用。近于法国地中海厂定造亩傍舰，系巡海快船加穹甲者，去岁自新加坡东驶，不见踪迹，保险公司认赔一百二十馀万，然连炮核计已亏折二三十万两矣。

日本海军五区分布

日本海军分五区：

第一区，陆中陆奥国界，纪伊国南牟吕东，牟吕郡界至海岸海面，及小笠原岛海岸海面。

第二区，纪伊国牟吕东，牟吕郡界，石见长门国界，至又筑前国远贺宗像郡界，九州东海岸沿日向大隅国界至海岸海面，及四国海岸海面并内海。

第三区，筑前国远贺宗像郡界，九州西岸界沿日向大隅国界至海岸海面，及壹歧对马冲绳诸岛海岸海面。

第四区，石见长门国界，羽后陆奥国界至海岸海面，及隐歧佐渡海岸海面。

第五区，北海道陆奥海岸海面及津轻海峡。

13,闰4,1

日本海军省有大臣管辖（伯勺西乡从道）海军兵学校，机关学校，水路部，督买部，卫生部，军医学校，会计检查部，兵器制造所，火药制造所。

闰四月戊子朔（阴雨），在日本东京使署致蔚林书寄家言。午后偕徐少芝、陶杏南游爱荡山。拾级而上，揽东京形胜，得十之六七。山上有表忠勒功碑，纪西乡隆盛反时死事者三十二人姓名，明治十二年敕建。 西乡隆盛反时死者

游芝山红叶馆。屋舍精洁，亭石幽雅，女侍数十人，娴礼节，善歌舞，黎徐二星使常宴客于此。

过德川氏家庙，入门行里许，沿路皆石灯笼，有数百座，皆当时诸侯所献，旁刻年月姓名。飨堂闳敞，雕楹刻桷，绚以金碧，历三百年不改色。历门五重，观第二世将军墓，上覆以亭。寺僧言近处尚有六将军七夫人墓，皆依山立石，不复有亭，可以见物力之不逮矣。

日本寺僧多娶妻生子，此本愿寺宗派也。先代国君多禅位子侄，退居削发，然不能屏弃妃嫔，故有此一派。若天台教宗来自中国者，则不许效鸠摩罗什。近国王弛禁，守戒律者尚忍独居。过新桥，见市肆多作洋楼，盖大火后更造新居，竞仿西式。遇雨归。少芝招夕宴，同坐七人。 日本寺僧娶妻生子

初二日（晴），偕杏南、少岩过劝工场。场中陈列，多东人工作器具。初，东人改效西法时，一切制器皆购自外洋，每岁流出金币数百万，近刻意仿造，凡西人日用之物，均能自制，又价值较贱，并以售贩外邦。年来海关出入货值相抵，职是故也。 日用之物刻意仿造

登山王山，过星冈茶寮，饮工夫茶。茶室甚小，仅容三四人，碗皆窳旧。碾之成粉，调之成沫，女鬟持以饷客，跪献甚恭。茶色新绿，而味微苦，受而啜之，不遗一滴也。黄公度《日本杂事诗》注言，丰太阁之臣有茶博士官，赐禄三千石，子孙世其业，或费千金求其诀不可得。其候火、拣泉、吹沫、点花、辨味、侔色之法，微妙不可言传。然稽之陆氏《茶经》所载，法与蔡氏《茶录》正相同，惟不下盐耳。出过清风亭，茗坐归。严凤笙设席招饮，同坐有署中诸君。

黄遵宪诗中注释

初三日（晴），偕少芝、少岩游赤坂日枝神社。是日社有赛会。午后介宫岛栗香至上杉敬斋家观所藏宋板《史记》《汉书》《后汉书》，各为之跋。又有高丽本《左传集解》，八行二十七字（注同），桓完慎真等字皆缺笔，定八年传第二叶以下皆补抄，共三十三册。又宋本《千金方》林亿校本，十三行，行二十三字，有米泽藏书印金泽文库。金泽即镰仓也。卷末有治平三年校定后叙，高保衡、林亿等列名。又一叶有赵概、欧阳修、曾公亮、韩琦四人衔名。余按上杉氏旧为列侯，所居远山近水楼有朱子书寒竹风松四字墨榻，主人见客颇谦，敬出楮墨求书近诗，盖亦雅好文墨者。同观者陈哲甫、徐少芝、陶杏南也。归赴杨星垣招，同席十一人。

日人所藏宋板古籍

跋宋本《史记》云：光绪丁亥，余自欧洲西渡，过日本之东京，闻米泽上杉氏藏有宋本三史，介宫岛栗香往观。其《史记》百三十卷，分为九十册，每半叶十行，

跋宋本《史记》

13，闰4，3

行二十八字，注二十至二十三字，有兴让馆藏书印，目录后有安咸郡彭寅翁刊于崇道精舍十二字。按彭寅翁是元代人，其刊本《史记》昭文张氏目存七十六卷，程容伯亦有之（内有抄补），即震泽王文蒲田柯本所自出。初疑所见非宋刻，归检《经籍访古志》，知集解序后本末有建安黄善夫刊于家塾之敬室木记，目录末有缺，以元板补抄，因始释然。殆一时疏略，未及细翻，致有此疑窦耳。宋板《史记》中土收藏尚多佳本，如内府有北宋元祐刊本、南宋绍兴三年官刊本，又嘉定六年万卷楼刊本三部，见天禄琳琅后目。昭文张氏目有乾道蔡梦弼刊足本，（黄荛圃亦有之，十二行，行二十二字）又有北宋刊残本（大字九行）十四卷，顾抱冲有淳熙辛丑耿秉刊本，黄荛圃有写刻集解大字足本，韩小亭有十二行十四行不全本，何子贞有元中统二年（即南宋景定二年）平阳段氏刊本（十四行，行二十五字，此本内府亦有），又钱遵王白衲本所集宋板四种，有数部归桂昌刘燕庭杨玉堂处。惟黄善夫本依所刻《汉书题记》，知在绍熙庆元时中土收藏家未有著录，顾独于海外流传，首尾完好，洵可宝贵，宜上杉氏之以为世宝也。

跋宋本《汉书》

跋宋本《汉书》云：上杉氏所藏宋庆元间建安黄善夫宗仁刊本《汉书》，目录后有识语及高帝纪后题记，已详《经籍访古志》。平帝纪后有宋景文公自题，此卷末云，除刊误已改正外，其别标志则予自得于他本，今将所标志者并附集于古注之末，板式与前刻《史记》正同，惟叙传首尾有十叶补抄耳。上杉氏问余中国宋板《汉书》现存若何，因忆邵位西曾记所见宋本《汉书》有九行本（行十七字），有嘉定戊辰蔡琪纯父刊本（八行，行十六字），又有十二行十行十三行十四行本，周漪塘有不全宋本《汉书》三种，其一与黄荛圃所得北宋本同，其一与吴槎客所藏本同，其一中字密行，似《史记》蔡梦弼本（十三行，行二十五字），又一本九行，二十六字。以余所知，止此而已，闻东国雅尚文字，古籍流播，藏弆极多，近崇西法，弃若弁髦，侯兢守旧典，独能宝而弗失，不亦甚贤乎哉！因举以复诸，并识卷尾。

跋宋本《后汉书》

跋宋本《后汉书》云：右宋本《后汉书》，有建安刘元起刊于家塾之敬室木记，目录后有云："后汉之书，向者板行，抵牾尤多，披阅之际，不无遗恨。本位近得京蜀善本，参校謄写，的无舛误，刻梓以传，天下学士，伏幸详鉴，庆元戊午良月刘元起父谨识。"板缝载梓人名氏，每半叶十行，行十九字，《经籍访古志》谓《史记》《汉书》同种，失载刻书人姓名。按刘元起与黄元善同籍建安，其家塾堂室均以敬为名，丙辰戊午相去亦只二年，盖二人一时分刻两书故耳。记爱日精庐藏书目有北宋刊本《后汉书》，又有宋刊元修本，周漪塘有不全《后汉书》，似北宋本而多，大德九年元统二年补刊者，以视此本之首尾完好，实为逊之。上杉氏有意振兴古学，能以所藏三史影写覆刻，或依西法石印，以广其传，尤海内艺林所共快睹者尔。

13,闰4,4

初四日（晴），偕杏南、静臣过岛田正宗，以所刻印谱求题，为跋识数语。又过鹿口小苹女史观画山水花卉。小苹年可四十，以画法著称，与迹见花蹊、奥原晴湖二女史相伯仲。出过根针八幡楼。楼依水际，曲沼茅亭，有林下风致。夕赴姚子良招。席设新桥千岁楼，同坐者少岩、圣与、哲夫、静臣、杏南而外，有内阁史局编修长重野安绎，东国以文名者，又副岛种臣、向山黄村、宫岛栗香、郑永宁、中村正直、田边太乙、加藤九郎、森大来等。栗香以养浩堂诗刻见赠，又近作诗稿求为删存。子初席散，偕静臣、少岩乘轮车至横滨回山崎屋寓。记东京使署楹帖云：乘长风破万里浪，观初日照三神山。何子峩太史笔也，下语雄壮自然。

初五日（晴），偕静臣过日新楼，归饮山崎屋。致陈哲夫书。

题宫岛栗香《养浩堂诗集》云：世多以平仄声病言诗，殆非也。汉代歌谣入乎乐府，元音不沫，动合自然。洎齐梁之际，始讲四声五言七字，唐律所祖。徐庾沈宋，未有殊涂，开元诸子，尚多嗣响，中晚以后，不谐者鲜矣。岁丁亥闰月，余自欧洲归国，环地球而西，过日本之东都，识宫岛栗香，时共谈宴。越日，出所著养浩堂诗初刻五卷、近作二卷，盖曾经我国巨公点定者，余何赘一辞。然观夫自著例言及莼斋黎氏、公度黄氏、紫诠王氏之所评论，颇斤斤于音节声调之辨，以余所见，则汉语和歌，本无异解，辞之工拙，不在竞病，渔阳、秋谷，探得 题宫岛栗香诗集一鳞，欲以是尽天下之作，可乎哉？余少时诵诗，雅爱初唐，以为得风人之旨，虽变而未失其宗，今海东谣俗，犹有存者，窃以告中土士大夫，毋以失粘拗句漫绳之也。读栗香之诗，因纵论之。

初六日（雨），哲夫来，偕至理事署，晤星垣、水三。

日本取法汉制大都始于唐时

日本取法汉制，大都始于唐时，如长庆宣明历行之八百馀年，天武所更官名，位号多仿唐制，乐舞如太平乐、破陈乐，尚沿明皇三十四曲之旧。惟女子不着裤，仅服中单，为唐以后所无，被有两袖，长可九尺，即《论语》之寝衣也，孔注以为被，观于斯而益信，至袜分两歧，屐如丌字，皆合于古制，不独席地跪坐为礼之仅存者。

初七日（晴）辰刻，偕少岩乘火车至东京使署，见徐孙麒星使（承祖）。徐使方自神户回署，因往谒。谈次劝余自内地历四十四渡琵琶湖游西京大坂，许代请外务省免状（免状犹言护照）。余告以拟由神户往游，因辞归横滨，申刻回山崎屋寓。静臣招饮横滨之千岁楼，宝森同坐。

初八日（晴）申正，赴东京徐使饮，观子良所得各本，有影抄足利本皇侃《论语义疏》，多异于鲍刻。子良译述日本地理兵要，系东人某所著，多夸大之词，如云日兵不早经营北方及收服南洋各岛，使欧人捷足先得，失此事机为可惜等事。至谓中国康熙中与俄人分界时，不穷追漠北，兼并俄东北诸部，乾隆间不乘胜由天山南路直取印

日人所著多夸大词

13,闰4,9

度，使为英所据，亦以为失机可惜，此种议论，果于当日情事有当否?

子初，仍由火车路归横滨。(日人造铁路材料购诸德国)

初九日（晴），致梁蓬云书。徐星使来答拜。杨星垣来，水三请夕饮，杨星垣、解钧堂、梁健夫上舍（继泰)、孙震生、刘静臣同坐。

初十日（雨，晚晴)，偕少岩、杏南上山城丸，哲夫、少芝自东京来送，水三、振之、宝森、静臣咸来。午正舟发横滨，出观音崎，针路指东南稍东。未正过熊野岬，针指西南。戌刻过灯塔。

十一日（晴）午初，过纪伊之潮岬，针指西北。

申正四十分过一岬，针指东北。

戌初抵神户，近岸有炮垒二座，列炮二层，中圆耸，堆土蔽之，不露设。神户近岸二海里水深七拓，二里水深六拓，陡岸水深四拓至三拓半。 抵神户

登岸寓五十五番乾德栈，晤甬人严晚生。

神户华民七百馀人，生理视各口为优。

十二日（晴)，过理事公署，晤徐乳羔大令（承礼)、徐菊孙水部（广坤)、于绩臣从九（德楙)。偕菊孙登诹访山。山有温泉。初，日人男女同川而浴，开港后知为西人所耻笑，因以为禁，惟此间以硫黄泉水可以治人疾病，许民同浴。 男女同浴 西人耻笑

过鼎泰，晤徐少春。酉刻菊孙邀过玉川，同饮七人:

乳羔、绩臣、少春、少岩、杏南。

日人伦常异于西方

东人不重节义，夫死皆再嫁，嫡堂姊妹可为婚姻。父有馀产，惟长子得有之，庶子不能得，多出继为人后。其立嗣不论昭穆，兄弟可相为后，孙可以为子。记西国堂姊妹亦可为婚姻，而姑姨姊妹昆弟不相为偶，以同出于母也，重血不重骨，亦有理欤！西国父母遗产子女分有之，抚养义子得有产业者，以笔据为凭，由官核准，此异于东国者。

重内轻外贸易保护

日本行商无税，而坐贾税则甚重。出口货税轻，或有不税者，而入口税则甚重。地产糖，不佳，成本又贵，近将重税糖之自中国来者。不通商口岸，准本国商民以轮船来往，关无税禁，皆所以重内而轻外也。

大坂所见

十三日（晴），偕少岩、杏南为大坂之游。未正五分自三宫上火轮车，车价上等一圆。过西库神崎，至大坂，寓北区曾根崎新地廿八番浅井高砂楼（晴湖女史书额），主人为浅井津宇。出过天满桥、大红桥，有博览会。造币局临大河，颇宽广，陈参赞哲夫曾属局中代造中国年号铜钱，重八分，肉好平正，以机器铸成者。大坂地势甚宽广，神崎川横贯其间，桥梁极多，有百馀座。有石城，平秀吉所筑也，今为镇署。傍晚归寓。津宇、津多、六竹偕饮，观伊鼓舞。

乡间神社

十四日（早雨晚晴），偕津宇游住吉太神宫。由难波火车行登车，至其地，则乡间神社也。社庙中悬有八云琴，琴制二弦，弓面平底，空腹不漆，约长三尺，广四寸

13,闰4,15

许，惟二弦，中山门人传者姓氏有三十三人，观宫中女道士舞。仍由火车归，至三宫下车，至理事署。夜赴乳羔席，同坐田嵩岳中立、鲍子卿及菊孙、杏南、少岩诸人，听杨研池姬人琴生弹筝。筝有十三弦，弦柱雁行，弹者以右手挑剔，左手按捺，出声不似琴韵，有吟猱也，其缓急错综，有珠落玉盘之致。

十五日（晴），偕少岩、杏南为西京之游，持外务省所许免状，至火车厂购买车票。巳正五分发神户，午初五分过大坂，午正七分入西京界，竹阴夹道，小涧萦流。二十四分过向日町，又过铁桥。午正三十分抵西京，东语谓之赛角。按东例，凡外国人游历内地，必请免状，此次准给两月，为期甚宽，惜归思已促，不及勾留耳。

寓俵屋。

日人不讲青乌之术，顾此次街衢见有相宅极秘及洛学准则招贴，岂阴阳八宅亦有流传耶?

游青莲院。院有赵子昂画马真迹，又有平秀吉画长信宫屏。登钟楼，钟围六寻，厚八寸许，三百年前物也。由八坂神社（每岁有赛会）过源光院，有额云弓山吉水辨才天。山有温泉，同人皆就浴。登楼览西京全胜。西京建都始于桓武帝，初谓之平安城，定鼎及今千馀年矣。加茂川自左，桂川自右，至淀城合流，宇治川水入焉，宽广可数十里，多寺院。明治二年迁江户后，翠华西幸者罕。士崇新法，佛教稍凌夷式微矣。

赵子昂画

登楼览西京全胜

过丰太阁北政所，以征伐朝鲜时所得军舰葺为穿堂，以车盖为屋顶，室中所供香炉亦朝鲜物也。法云二字，亦朝人所书，卧龙二字，朝人雪月堂书。室中供秀吉六十一岁像，红袍纱帽，右为其夫人四十一岁像，以白布蒙首，屈一足。初寺僧有百馀人，后仅十馀人而已。出过时雨亭翠红馆。有源义兼于清水寺栽松一株，碑记天保辛丑立。按日本大寺三十有六，此为第十六寺，外有石琢，为龙形，喷水出泉。历随求殿欢喜天而归。

戏园观女伶演剧

夜过戏园，观女伶演剧，台可旋转，额曰照叶讹言。装神扮怪，颇有鬼气。场上人惟说白，别有乐工他坐，作歌如弋阳腔。每乐工歌时，场上人以手虚作形势，如傀儡然。

东人弈棋

东人奕棋，不用四柱子，又有以连长五子，不论纵横斜角，以先者为胜，疑即汉书所谓格五也。亦有弹棋法，王渔洋诗所谓巾角弹棋妙五官也。亦解拇战，艺妓中有能为中土音者。

十六日（晴），游大佛寺。寺在西京西山，寺已毁，所谓大佛，厪存自乳以上。惟基址颇广，寺外围墙均以巨岩为之。

游丰国神社，后阳成天皇书额。

过三十三间堂

过三十三间堂，每间六尺，凡六十有六间。其梁木以一整枝为之，有三百五十八通矢，曰三十三间者，就一半言之也。是为大兴德院，有一千三十三观音像。过莲花王院，院前有千叶各色罂粟花，花时甚茂。

游西本愿寺。寺在西京东北，天正十九年造，寺僧六百，今尚存百四十人。寺中有飞云阁。丛桂中有泉曰醒眠泉，明和丙戌光晖铭并书，铭云：石甃崩塞，水行地中，再浚乃涌，孰曰匪功，盥漱醒眠，此是名泉，厥德实博，注渠养田，湛湛其色，合曜青天，雨旱无变，永流万年。循泉而左，有一茅亭，平秀吉观月处。曲折由林中绕行，登一阁，阁上画雪山，仰视可见，下有秀吉自画林木。按秀吉起于人奴，致位通显，顾能通绘事，东人争相宝贵。又有画月在云中，侧视可见，似参光学者。由招贤馆出回雪亭，见寺前银杏荫蔽方广，亦三百年前物也。 西本愿寺

华顶山有御座，多名画，其地板行时如莺声簧舌可听，有德川二世将军主，花园三世置。

十七日（晴），游万年山相国承天禅寺。寺为足利三世将军造，今犹有僧六十人，苍松翠竹，迥出尘境。有圣德太子书多闻天三字。 承天禅寺

过天满宫，祀菅原道真，祠宇闳丽，种梅花数百树。物茂卿言：吾东方之国，冥冥乎罔知觉，有菅原氏而后文史可诵，虽世尸祝乎学宫可也。

游鹿苑寺。寺在葛野郡大北山村，一名金阁寺，足利三世义满造。寺侧有池，广可四五亩，叠石为洲渚者五六，岸旁围以长松。临池有阁，以金为饰，最上一层有后小松帝御书究竟顶三字，足利义满像在焉。出阁行数十武，循崖而上，有一池，广约二亩，导而下注，为小瀑布。入室观仇十洲画山水，东坡画竹，又墨迹。书室外有古松盘曲为舟行（有三十二盘），高丽人书陆舟二字，又 游鹿苑寺

法如光阐。有六胜诗，六胜者，夕佳亭、天镜阁、龙门泉、镜湖池、不老石、渡樵桥是也。过常足亭，观平秀吉铁冠，寺僧以工夫茶饷客，茶罢辞出。过妙胜寺，古松蔽日。寺规制极宽广，内有灵云院、大通院等座落十馀处。

过净持院，有德川家康木像。

过二条城，城甚窄，小濠水狭隘，荷叶蔽之，城内今为离宫。归过日王旧宫前，望见紫宸殿，未及周览而归。

酉刻至铁道乘火车至大坂，仍寓高砂楼。

日本炮厂

十八日（晴），观日本炮厂。先期属理事致书日官，约日游览，及期偕少岩、杏南以往。厂在石城左侧，至则有陆军炮兵大佐牧野毅接见，属其弁栗山导观。见所铸铜炮有十二生的十五生的长炮，其后膛用邦日法，炼铜用奥人乌哈戚育司法。有二十四生的田鸡炮，又陆路八生的九生的炮，来复线十二条，后膛横劈用克虏伯法。又铁管钢箍二十八生的短炮，炮身长一丈八尺（三间），来复线六十四条，后膛法用邦日。余询以炼钢之法，答言用克虏伯罐钢，所谓梯屑尔也，其法从克厂窃学得之，今有厂在东京。按罐钢英国亦能炼，惟不及克厂之精。俄人曾延克厂人在彼铸炮，顾尺寸每加厚，亦自信，不及今日人以熟铁为炮身，钢为外箍，其法犹未善也。中国金陵制造局所铸钢管小炮，其炮身皆购自外国，未能自炼西门子别色麻二法，更何论罐子钢耶！日本产铁不佳，其钢料亦购自外国，询其机器，亦用压水料，其炼成之铁，云有凹凸力八十九度。炮弹有十三种，有铁弹、炸弹、子母弹等，而独

炼钢之法窃学得之

13,闰4,18

无全钢者。尝以十九生的炮试击克恋沙厂铁甲板（非钢甲），厚中尺九寸馀，洞穿三处，小裂有三孔不透，又以二十四生的炮试击厚一尺二寸者，洞穿如前。

日本铜炮后膛亦有用义大利法者，炮架多用义大利法。

日本村田枪略似马梯尼，远力及之，而退力不甚大。其人曾历游各国，归而以己意创为之，自云集诸国之长，尝以赠我国北洋大臣。（新造铜炮亦有运送天津）

日厂工匠一千八百人，套箍相合用加热使涨法。闻哈乞开司炮亦能自造，有厂在东京。又有鱼雷厂，得刷次考夫炼磷铜法，盖购买已过百馀，故得传其秘也。刷厂初成鱼雷，购之者以我国为始，前李丹崖星使在德国时，与该厂人订明，购满百雷，传学炼铜造雷修雷各种秘法。后丹使到厂学艺，与金楷理翻译成书，天津艺徒亦往厂学习，惟未得炼铜之秘，传之者惟丹使一人而已。今马驷在津教习鱼雷，去岁已购得修雷各件机器。闻丹使业将所译秘要咨送北洋，何以未闻自行开造，致有逊于东国也。 李凤苞学德炼铜法

日本炮药用栗子色，询其法，云传之法国人，现能自制。按栗色药以德人都敦好夫为独步，英人尝聘请于彼国立厂制造，不闻法人能之，不解日人何从得此。我国北洋聘请西人，能自造黑色饼药，顾以云栗色犹病未能也。

询以炮台，答言我国炮台参用各国新法，不复从美国旧制。问比利时陆路炮台曾见之乎，答云有图，且各国炮台图均有之，比国造台人各国均思聘请，本国海口均依山 日本炮台

筑垒，故不用铁炮台，今对马岛新筑炮堡尚未完工。

船坞有四处，横滨、横须贺、广岛、长崎是也。长崎有最大者。又东京有电气厂。

午后偕津宇津多由汽车回神户，听津多弹筝。偕杏南游凑川神社。庙祀楠公。楠公者名正成，奉日本后醍醐帝讨足利氏，兵败于凑川，死之。明徵士馀姚朱之瑜为大书曰：呜呼忠臣楠子之碑。按朱字鲁玙，故明遗民，耻食周粟，家日本，以理学教授生徒，弟子多著名，若水户源光国等是也，东人称为舜水先生。

舜水先生

偕少岩登诹访山西常盘，邀乳羔、菊孙、杏南饮。

工夫茶之烹调之法

十九日（雨晚晴），乳羔命久姬调工夫茶。先是饮工夫茶皆以已成者为献，至是始观烹调之法。其器有垆有筥有炭挝有火箸有镬有瓢有水盂有涤方有竹夹有茶盒有畚有巾，每持一器入门必跪献，行路转侧均有法度。先以巾涤碗，挑茶粉一匙，候水沸时，以瓢盛冷水冲入镬中，随汲取上碗，以竹畚急调之，点沫成花，持以供客。客受之，三啜而尽，以手抹碗，拭诸怀递还之，洗涤如前。计四客饮遍，已费一小时矣，是之谓工夫。

酉初上东京丸，乳羔、菊孙来送，到船后知是日停轮不展，复赴乳羔招饮于酒楼，孙子与田嵩岳、少岩、菊孙、杏南同席。

二十日（晴），巳正舟发神户，过明石北淡，路南针指西偏南五分，明石舞子炮台两岸相对，均石基护土。

未正一刻过备前之小豆岛，针路西偏北四分。

申正二刻过丸龟北。

过大槌、小槌岛。

酉初三刻针路指正西。

酉正二刻过灯塔，地名锅岛，针西偏南五分。

戌初二刻过海峡，狭处仅里许，稍折而北。

二十一日（晴），辰初抵司木崎，即马关也。停轮，便搭客上下。泊时针指西南（一谓之赤间，关东语阿卡埋山奇），近关东口为部崎，有塔灯。 至马关

巳初开行出口，针南偏西，半转向西偏南，傍口一小岛，岛中有屋数楹，甚得幽趣。

又针指正西，北岸有石标二（一白一黑相间）。

过此指西南，行引岛北。

又针指正北，行六连岛之北岛，有塔灯。

又过塔灯，转指西北，过蓝岛北，出白岛，盖井岛之间即大洋，白岛瘦削，有一石独立，甚秀削。

放洋后针指西南，左傍山，右亦时见小岛。

未正十分过乌帽子岛，岛纯石，有塔灯。

四十五分过壹歧岛南，壹歧与对马相望。

又过马渡岛北。

申正过横岛南田助岛北。

酉初过安满岛北。出生月岛海峡。行平户岛之西，针指西南又南六分。

酉正过高岛西，针转指南又东。

戌初四十分过二小岛北。

戌正四十五分过塔灯北，一路见渔火。

亥初七分入口，口门甚狭，见两岸小舟灯火数百，浮漾水际，如萤依浅草。十五分到长崎。

维新以后上下一心

长崎旧有炮台，近经营对马岛，其意可见。按日人以库页岛让俄，自失其险，最为失计。维新以后，极意仿效西法，至于改正朔易服色，西人未尝不訾笑之，然其上下一心，孜孜汲汲以强国为事，不肯苟安旦夕，则犹有足嘉者。

重订刑律管辖西人

初，日人与泰西立约时，怵于兵力，多失利益，后自悟其非，刻意讲求，不肯让西人更进一步。近重订刑律，与德英诸国立有专约，凡西人入内地者，统归地方官管辖，有事由日官审断，试行五年，无弊则通商各口亦照此律，再历七年无弊，则永远遵行，不复改变。

二十二日（晴），辰正登岸至理事署，晤蔡伯昂大令（轩）、樊圣甫、王乾生。（署中有楼名镇海）伯昂邀游清洋亭，登北山诹方神社，见众峰罗列。下山过花肆，见菖蒲已作花，因属伯昂代购数种。（日本蒲花有四种：紫白粉红）游南山宝亭，于栽松馆设饮，观梅春舞。又有戴假面具为舞者。按史言兰陵王入陈必戴假面具，因为兰陵王破陈舞，今日本尚有之。黄公度《日本杂事诗》注记乐作时伶人十数先击鼓，鼓停，舞者四人出诸乐杂作，舞止乐亦止。礼失求野，不其然乎！

离开长崎

长崎华民七百人，近内口有戍台。口广五海里，口门水深二十拓至二十三拓。未刻二刻下舟，伯昂、圣甫来

13，闰4，23

送。未正十五分舟发，针指西南，出口指西又偏北五分。五十五分过塔灯北，针指西偏南五分。

戌初过福江诸岛南，属南淞浦郡岛，西南有旋转灯台。

二十三日（雨），午后雾，酉初晴。戌初远见茶山塔灯。

二十四日（早雾），巳刻展轮，午后晴，未正泊吴淞口外待潮。

申正开行，酉正抵上海。朱葆珊来迎，因往寓慎裕号。 抵上海

记自柏尔灵至上海，易轮船者五，易轮车者十一，历八十一日，水陆更仆，不遑安处，今幸归故土矣。友朋相见，各慰劳苦，回忆荒山戈壁，大海洪涛，寝食不宁，梦魂犹悸，知我者其谓我何也。

撰天后宫楹联，拟质明往谒。联语云：环七万二千里，四海永清，是谓水轮持地；期三百又六旬，八风从律，固知后德配天。

又为跋语云：光绪甲申七月，余随使泰西，今年始归国，于是历地球一周矣。海波不扬，翳神圣是庇，谨书数语，以志钦感云尔。丁亥五月黄岩王咏霓并记。

王咏霓道西斋日记

人名索引

七画

十一画

十二画

十三画

十五画

王咏霓道西斋日记

译名简释

三画

三藩昔司柯

SanFrancisco　旧金山

士邦道（斯班度）

Spandau　斯潘道

川寅

Cheyenne　夏延

卫尔民敦

Wilmington　威尔明顿

四画

天士河

Thames　泰晤士河

韦榧民邦

怀俄民州

切考哥、世克哥

Chicago　芝加哥

乌太邦

犹他州

巴耳林敦

Burlington　伯林顿

五画

由尼物司梯厄夫切考哥

universityofChicago　芝加哥大学

生触耳赛逮

CentralCity　森特勒尔城

包剔木阿

Baltimore 巴尔的摩

立孛耳梯

Liberty 自由神

尼不拉士格邦

尼布拉斯加州

奴阿克

Newark 纽瓦克

六画

毕斯马克

Bismarck 俾斯麦

企罗迈

Kilometer 千米、公里

色克门杜

Sacramento 萨克拉门托

七画

壳仑嘿司

Columbus 哥伦布

克来司敦

Creston 克雷斯顿

克阑代爱仑脱

GrandIsland 格兰德岛

苏司克哈奈河

萨斯奎汉纳河

伯尔灵/伯灵

Berlin 柏林

闷度太

Mendota 门多塔

沙耳忒来克

SaltLake 盐湖

阿土姆韦

Ottumwa 奥塔姆瓦

阿尔魄士山

Alps 阿尔卑斯山

八画

和兰

荷兰

的忒来脱

Detroit 底特律

的思忒列克脱阿夫科仑比亚

DistrictofColumbia 哥伦比亚特区（D. C）

学克芒囤司（洛机山）

RockyMountains 洛矶山

泼辣忒（批辣特）

PlatteRiver 普拉特河

九画

茳脱泼来生脱

MtPleasant 芒特普莱森特

昧利兰忒邦

马里兰州

畎耳内

Kearney　卡尼

哀胡卫邦（哀倭洼、阿华大）

爱荷华州

派太泼司卡河

帕塔普斯科河

费阿废耳脱

Fairfield 费尔菲尔德

费勒特耳费邪（费耳特猎斐）

Philadelphia　费城

十画

椏洛阑脱

Oakland　奥克兰

椏墨霍

Omaha 奥马哈

陪耳民亨姆

Bieminghan　伯明翰

十一画

培尼亶

Benicia　贝尼西亚

得勒伐邦

特拉华州

密士失必河

MississippiRiver　密西西比河

密疏利河

MissouriRiver 密苏里河

十二画

喀那大

加拿大

喀拉方尼亚邦

加利福尼亚州

弼耳登海脱

Birkenhead　伯肯黑德

十三画

赖拉米昔台

LaramieCity　拉勒米城

福利门脱

Fremont　弗里蒙特

十四画

蔑士根湖

LakeMichigen　密歇根湖

蔑耳根邦

密歇根州

张元济环游谈荟□

宣统二年（1910）二月初七日　自上海起程，依次游览南洋各岛，欧洲多国及美、日，耗时十个多月，十二月十八日返回上海。

□据 1911 年上海《东方杂志》等

□刘柯校点

张元济环游谈荟

去年，余有环游地球之行，所至之国凡十数，往还仅十有半月。时日短促，而语言又不甚足用，闻见所及，至为肤末。舟车罕暇，纪录尤略。归国后，友人索观游记，愧无以应。乃取途中所杂录者，稍稍整理之；追忆所得，辄为搜补。随笔掇拾，漫无体例，亦聊以为知彼之助而已。至凡属于教育之事，则别为一编，兹不及焉。

宣统三年正月张元济

首叙旅次沿途所历

二月初七日，自上海起程。经厦门、香港，至新嘉坡。入马来海峡，沿岸行，历二埠：一司威南，一槟榔屿。由此入印度洋，至锡兰岛，泊舟于可伦坡。西行，至亚丁，入红海，溯苏彝士河。河尽处为波特塞得，出口，入地中海。越直布罗陀，入大西洋，抵伦敦，始舍舟登

游历各国自英国起

陆。居月馀，至爱尔兰，历都伯林及贝耳法斯德两城，复返伦敦。至多汶，渡英伦海峡，至比利时海口俄斯坦德，旋往不鲁舍拉。比之西南境曰耶波勒斯，南境曰耶慕尔，东南境曰列得，北境曰安多厄尔比者，皆一涉足焉。去比利时，之荷兰，居什文宁根。所至之地，曰海牙，曰散戴姆，曰鹿特丹，曰亚摩斯德登。由此至德意志，首柏林，次勒不士格；次德勒斯登，萨克索尼亚邦之都会也。西南行，入奥地里亚境，至巴拉加，其地为波希米之故都。既至维也纳，循多瑙河，迤逦至匈牙利，都城曰布达佩斯。盖欧洲之游，东行至此而极矣。返维也纳，复西行，至音斯不罗各，又入于德，至慕尼克，巴维也拉之都会也。西南行，至瑞士，经两城：曰苏黎世，曰卢苏尔拿。由此入意大利，最先至者曰米兰，次曰威内萨，次曰佛罗棱萨，次曰罗马。折而北，至热那亚，至是而意大利之游毕矣。入法兰西，仅至巴黎。由加来斯渡海峡，归伦敦。至苏当波敦海口，登舟，渡大西洋，至北亚美利加，抵纽约，登岸。由是而华盛顿，而支克哥，而萨克兰缅多，而旧金山。复登舟，渡太平洋，至哈瓦连岛，其都会曰和诺鲁鲁，舟行南线者所必经也。既抵横滨，陆行，入东京，而奈良，而神户。复遵航路归上海，时十二月十八日也。

巴拉加（布拉格）

自英至美再至日本

舟过厦门时，有下舱客一千七百二十二人，云赴新嘉坡及槟榔屿者。询以何事往，则云小贸易或作工，然多身无长物者，视其人亦蠢蠢无所知。余不能无疑，以问船长，则曰："英禁贩奴，且有领事来验视，必不许也。"

将行时，英领事率西医及捕头登舟，逐一检视，几不以人类相待。中国官无一至者。太古洋行买办邱君语余："每年正二月最繁盛，船大者辄载数千人，小者亦数百。"余询："有生还者否?"曰："什之二三耳。"余询："中国官知之乎?"曰："从不问讯也。"既抵香港，客无一登岸者。余益疑之，密询司机长："究有猪仔否?"曰："甚难言。"同行英友，愤不能平，尤助余侦探。一日语余，已婉询船长，船长谓"确有被掠卖者，但不能证实，本人亦绝不声诉，虽欲拯救而无由"云云。船仆骆姓者，广东花县人，语余：新嘉坡猪仔馆在金镑、牛车水等街。厦门、香港等处，皆有经理人，勾引贫民，劝令出洋谋生，并为之代给川资（闻约须银钱十圆），遣伙押送，沿途守视。既至新嘉坡，入居猪仔馆，严禁出入。有招工者至，馆主与订工价。议既成，则拨所需人数与之。每人岁得工价，约银钱四五十圆，然本人一无所得，尽以畀馆主。除川资及宿食费外，是一人可赢三十馀圆也。猪仔受雇后，赴英官（汉名曰华民政务司）处订合同。英官询被雇者愿否，若不愿，则缴还馆主十六圆，即可自赎。然猪仔至此，安从得钱，亦惟有饮恨吞声，俯受约束而已。既订合同，雇主絜之往，或垦荒，或井矿，工作之苦，殆难言状。满一年，去留可自由。如续订雇约，则工资可为己有，然前此一年之中，不名一钱，偶有所需，必贷诸雇主。雇主辄勒展受雇期限。尤可痛者，则凡猪仔群集之处，无不有妓寮、赌场、烟馆窟穴其间，若辈庸愚，乌知

详叙卖猪仔过程

新嘉坡之猪仔馆

自爱，身入其境，大半沉溺。耗财愈多，积债愈重，而雇主之束缚，永无了期。间有能自振拔者，似可有出于幽谷之望矣，不幸雇主不仁，又为之转售他处。呼吁无门，隐忍受命，其展转而死于沟壑者，不知凡几矣。吾闻此言，吾愈心痛。偶至下舱闲步，以不通厦门语，无从问讯。与之笔谈，则若辈识字过少，不能自达其意，且似有人在旁，禁勿与余交接者。忽于人丛中，睹一村学究，坐而观书，视之，则《新旧约》也。问何业？曰："在华传教，有友在新嘉坡经商，招往教读。"问以同舟之人，有无猪仔。以未知对。余托密为探访，并勖以拯救同胞之义，欣然应命。越二日往访，则一切诿为不知，意甚落寞，盖必押送猪仔之人，有所觉察，出而施其运动之伎俩，故至于此。余知侦察之术已穷，欲俟舟抵新嘉坡时，尾客之所之，观其究竟。不幸途中有病毙者，舟将至时，泊口外，检疫医至，疑为有疫，谓须将下舱客送病院，一一检验。于是客尽乘小舟往棋漳山，从此别去，不复相见矣。

（猪仔命运）（欲跟踪一探究竟）

到新嘉坡，晤宋君木林，道及此事。宋君言：昔孙铭仲任总领事时，有土人被诱至此，卖入他埠，充苦工，不胜凌虐，投函乞救。孙君为之赎身者，凡十有八人云。

（华人衣着别成一格）

新嘉坡华人，除领事外，无一御长衫者。短衣散裤，辫发下垂，非中非西，别成一格。

华人街市，悉仍中国旧俗。有时循行数里，并不见一洋房。目所触者，中国之器物也，耳所闻者，中国之言语也。使吾民具有自治之能力，而国家更以殖民政策辅之，彼南洋群岛，焉不为吾有者耶？

英人得新嘉坡，距今将百年矣。廛市之间，固极繁盛，而一出郊外，则深林密箐，中惟官路或铁道，可通行人，馀则途径几绝。从莽中时见二三茅舍，为土人蛰居之所，察其情形，实为榛狉世界，从未经垦治者。岂英人之力，有所不及耶？抑故留馀地以安土人耶？抑治理之道，固有不能求速者耶？

由市中乘汽车行十四迈尔，易小汽船，渡一海峡，即为柔佛国境。新嘉坡故属柔佛，嘉庆时割让于英，画江为界。国有主，号苏丹，奉回教，称臣于英。国中政治，悉受英驻新嘉坡长官约束。今苏丹名摩哈密德亚利，年三十许，曾游学于英，其母亦欧种也。

旅店临江，距渡头不远，规制崇闳，悉仿欧式，盖以馆游历之西人也。店中别有数室，号为欧罗巴巫来由人会所。闻苏丹及其贵胄大臣，时来饮宴于此，冀得与白人相接，以矜其外交之能。与吾国京师所谓六国饭店者，殆复相似。 街头所见

闻苏丹所居，去余旅店不过三四迈尔，则此固柔佛都城也。而烟户寥寥，土著尤少。余步行十馀里，街市绝短，而为华侨占居者复十之七八。郊原之间，林木蓊郁，目力所及，无一民居。道路宽广，能行车，然皆新辟，人踪绝少。肆中所售，皆西洋及吾粤东之物，无一土产。西人语余，巫来由人秉性极惰，观此可信。

旅店后为一小山，山巅有兵房数所，亦洋房也。兵皆

习洋操，约二三十人，有英军官统带。是日为苏丹即位纪念之辰，营中高悬国旗，并分张各国旗帜为饰。英军官戎服佩刀，率所部兵士二十馀人，擎枪整队，鹄立营前。鸣炮二十一响，为苏丹贺，若执礼甚恭也者。揣彼苏丹之意，岂不谓吾国虽弱，亦居然有陆军，且习洋操，且有外国军官为之训练；而已俨然居元帅之尊，讵不足以自豪！而不知土地荒芜，户口减削，生聚教训之未讲，而务为此粉饰之事，外人之游其国者，且窃笑不止也。独怪苏丹固愚，而英人必故为阿顺，遣将弁为之经营，且表示其尊崇之意，非戏谑也。盖既为本国制造军火厂推广销路，而又为本国军官谋一啖饭之地，且可实行其监视之权，其用意可谓周至矣。

苏丹离宫　由旅店西行二里许，有苏丹离宫。门前亦有守兵，擎枪植立。一巫来由仆，操英语，来导余。楼上为苏丹卧室，禁人游览。余所至者，为食堂客座及苏丹治事之室，皆在楼下。时苏丹并不居此，帘栊寂寂，空闭而已。

离宫占地绝广，纤草如茵，犁治平坦。宫旁有大殿，中为高坛。坛前设长案一，坐位十。案上陈墨瓶、铁笔等，亦十分。导者语余，此苏丹及大臣会议之所也。殿前悬华人联匾甚多，皆新嘉坡华侨祝贺苏丹即位者。几案尘积，别有一种萧条景象，亦足为小朝廷之代表矣。

柔佛地处热带，植物繁夥。宫中有花园绝大，奇葩异卉，不可胜数。一古藤枝干缭绕，倒垂至地，铁柱承之，结为一亭。密叶浓翠，以代覆瓦，构制殊巧，必出自欧人之手。去园数百武，为一回教礼拜堂，彩玻作窗，文石砌地，堂极宽广；中惟香炉二事及教师讲坛一座，馀无别物。统观以上工程，所费远在百万以上，徒耗民力，务饰观听。彼不知治道如苏丹者，固无足责也。

清真寺极宽广

赌税为柔佛岁入大宗，业赌者多华侨也。市中赌场林立，杂遝喧阗，入夜尤甚。余曾观一最高等者，临江筑屋，陈设精雅，可容数百人。司事者言：新嘉坡赌禁綦严，每星期日及星期六日，华商均至此遣兴。今仅三阅月，收入之款，已三万馀圆。此外尚分设两处，每月纳税于柔佛政府，凡八千五百圆云。合全境赌馆计之，锐款诚属不菲。其他如烟馆、妓院、酒店，度无一不征重税。柔佛政府，导吾民为不正之营业，而复朘取其脂膏，固属可恨；而吾民程度之卑劣，亦可见矣。

赌税为柔佛之大宗业赌者多华侨

司威南距新嘉坡，仅一日程。入口后，沿岸皆杂树。每隔数里，于水次建小木屋一，皆欧人护视水标者。渔舟三两，往来江上。取远镜视之，皆华人也。其地产树胶极盛。既泊舟后，有小汽船拖数驳船自内港出，皆运树胶附载吾舟者。其驾舟及起运货物之事，亦皆华人任之也。

槟榔屿船埠，正对一钟楼，前英后维多利亚即位满六十年，华商醵资建此，以铭其功德者。吾国人庆祝君上之事，素极淡漠，而侨民独于旅居之国之君，倍致其亲爱之忱，岂无故欤！

槟榔屿公园，依山为址，风景天成，综余此行所见者计之，当以此为巨擘。山中草木蕃衍，分类栽莳，足供植物学家之参考，故又有植物园之称。半山瀑布倒垂，奔腾直下，喧腾如雷。下有蓄水池数处，层层承注。池底满铺细沙，漉水使洁，引入管中，分布全市，以供居民饮汲。费小利溥，其法甚善。吾国有山泉处不少，宜仿行也。

新嘉坡华侨，多于槟榔屿营建别业，盖水土清淑，最宜居处；又与新嘉坡铁道可通，往来极便故也。祠庙尤多，纯依华制。

槟榔屿故隶暹罗，为一土酋所辖，略与吾国土司相同，今其地已割于英。暹罗固失其主权，而土酋亦仅作寓公，寄人篱下矣。小屋数椽，栖迟海畔。余驱车过其门前，友人指以示余，为之欷歔不置。

同舟荷兰人布育尔，出彼国千九百零九年统计书示余：爪哇民数，凡二百八十万馀，中有华人二十六万馀；欧人在彼者，仅得华人四分之一。

印度锡兰岛，相传为释迦涅槃之所。舟抵可伦坡，欲一睹佛之遗迹，检西人导游书，知有所谓克兰奈耶寺者，往访之。驱车行六七里，至则寺门已坏，颓墙数尺，榜寺名于上。旁通小巷，零砖碎石，累累满地，荦确难行。土人夹巷而居，蓬门土壁，状颇贫窭。妇女有当门编织茶巾者，手工亦精致，客过则争出求鬻。男子亦执贝叶经相鬻不已。群童追逐，竞索钱，挥之不去。盖亦生计艰难使然也。寺前有古井一，相传释迦尝汲饮于此。寺中屋舍殊零落，僧房尤卑狭。僧人两三，披黄袈裟席地诵经，视之，梵文印本也。殿之四壁，皆绘佛生平事迹。佛像座后，则

锡兰(今斯里兰卡)人民贫穷

绘生前造种种因，死后受种种报，正如吾国所画地狱情景。有雕石卧像一，躯干极伟。左者立，右者坐，皆甚小。然皆不如吾华雕塑之工。座前供香花，旁设铜灯，然并不燃烛。殿后一塔，高数丈，云有佛之遗体葬其中。四周有墙，遍凿空穴，穴置一灯，垢腻堆积，灯不能燃，即燃亦不明也。夫既崇奉此宗教矣，而其地又为教主灵迹之所凭，临上质旁，宜何如精严整肃，以将其诚敬之意。而印度人乃任其废败若此，其民性之颓靡不振，可以想见。对于教主且然，遑论其他。宜乎回、耶二氏，迭起代之，而其国亦亡矣。

乡间私塾，略与吾国相同。儿童杂坐，咿唔不辍，盖犹未改良者也。车行迅，意前途必更有所遇，故未令停车。然行十馀里，不复见一塾。归时日暮，塾门已闭，不能入观，亦一憾事也。街市颇宽广，然不修洁，牛马杂沓，积秽尤多。道旁民舍，大半卑陋，略与吾国北方城市相似。肆中瓜果独饶，有类似吾国所谓倭瓜者，硕大无朋，随剖随鬻。土人食之，用以代饭。

街市污秽卑陋略似北方城市

自新嘉坡至槟榔屿，华民之多，远过土著，骎骎乎有喧宾夺主之势。一至可伦坡，则华侨绝迹矣。由此至欧洲列国，除外交官及留学生外，几不见同国之人。（闻英伦海口及利物浦，均有吾国水手寄居其间，然为数甚少，且来去无恒。）及由欧入美，而又与华侨相遇，虽不若南洋群岛之蕃衍，而亦俨有殖民之象。吾国侨民，何以只在南洋群岛及美洲境内，而不及于欧洲，吾于此得一公例焉。

盖优等之民，与劣等之民遇，无论其土地辟否，人民众
种族优劣 否，必能侵入而与之同居，且或攘其所固有。若有更优者至，则前此之优者，久之亦必退处于劣等之地位。此其例以见于殖民地者为尤著。故印度为法兰西所先至，而其后即全入于英；北美为西班牙、法兰西所迭占，而其后再变而为美，则以条顿人种优于腊丁人种也。巫来由与红印度人，固视吾民为劣，而吾民之在南洋群岛及美洲境内者，近已渐为白人所逼。吾固可以退居于劣，而让彼以优势乎！

昔人游记，谓在印度洋面见飞鱼。余此行至琼州洋面即见之，盖吾国亦产此物也。

舟沿阿剌伯境行，经热他口外，然不见岸。麦加城距
麦加圣地 热他，约当吾国百二十里。闻城中有小山，为回教圣地。越门七，始达其巅，非回教人不得至。回俗凡至其地顶礼者，小遗必蹲地上。某岁有白人私往探视，伪称奉回教，已入第五门矣，偶不慎，立而小遗，为教中人所窥，群起捕之。跳而幸免。其后遂无敢往者。热他为通商口岸，有外国领事驻其地，而麦加城则无外人踪迹。船长所言如此。

入红海后二日程，有达达赖斯 Dadalus 灯塔，建于海中。舟人告余：昔有船经其地，触礁沉没，船长亦遭难。其妻捐赀独建此塔，以惠行旅云。

红海两岸皆沙漠，将至苏彝士亚洲海岸，有茂林一丛，其地号曰摩西井。相传摩西出埃及时，在此汲饮。今

其井犹存，即在林中云。

舟抵苏彝士运河，即泊口外。依到时之先后，为入口之次第。候引水者至，始能启碇，不容稍有凌躐也。余舟先以厦门苦工病殊中途，关医来检视，谓须以解疫蒸汽，荡涤下舱，始准启行。越三小时，既毕事，乃启碇入口。

船过运河规则颇严

河口甚窄，天已昏暮，船头设一电灯，光可远达三四十丈。舟行极缓，两旁设浮标，左红右绿。灯标亦然，与浮标相间，彼此相距，不逾数丈。河身狭，不容两舟并行。每数里设一站，有他舟来，则就站旁泊以待。站有执事若干人，监视舟行之速率，若违定章，即须议罚。浚河机器甚多，时已停工。夜半，过伊斯马拉，一大市镇也，属埃及，当运河之中。披衣起视，朔风凛冽。伫望片时，但见两岸灯光闪烁而已。晨起，舟仍行运河中，见两岸皆用碎石镶砌，以防浮土倾泻，左右略有芦苇杂树。堤外为淡水道，亦以人力为之，疏引尼罗河水，直注波特塞得，供居民食用。水道窄，沿堤种树。右堤外为运河，左堤外为铁道。有汽车自北来，云系往开罗者，乘者寥寥，车容亦甚晦黯，盖为风沙所蔽也。

运河长约吾国二百六十里，深约二十九尺，宽广不一。余舟载重九十吨，纳税一千五百镑，可谓重矣。舟自苏彝士至波特塞得，凡行十三小时。

将至波特塞得，有制盐场，在右岸。场地宽广，盐堆无算，视天津河北所积，高广数倍。闻多运行印度销售者。然则印度产盐，犹不及食额矣。

苏彝士及波特塞得关医，皆埃及人。登舟检视，船长以下，皆受命惟谨。埃及之不自主久矣，而检疫之事，犹能以己国之人为之。何吾中华堂堂自主之国，而船舶入口，检疫者率为白人。虽白人亦吾政府所雇，而外人之入境者，见关医无一华人，则以为吾中国之人，皆不知医，其视我岂不与野蛮相若？事之可耻，孰有甚于此者耶！彼读仲景之论，习思邈之方者，果能登舟检验，与外人相周旋，固亦吾所甚愿。然试问能耶否耶？国于今日，必不能与世界大势相违。泰西医术，已为世界所公认，吾国人亦未尝不知之。二十年前，已设医学堂于天津，使及早推行，则今日之能西医者，必不至仅有此数。东三省之鼠疫，固不难先事预防，即已发见，亦不难即为扑灭。何至酿为巨灾，受邻国之干涉，耗无数之资财，丧无数之生命，影响所及，贻害无穷。彼谋国者稍有天良，其尚能觍然立于民上乎？辛丑变法，京师亦踵设医学堂，然所教授者，悉旧时之医术。主持之人，俨然以医家自命，绝不审世界之大势，而惟保个人之地位。及今十年，其效安在？既往不谏，来者可追，窃愿膺教育之责者，盱衡时势，速为改图，无再狃于成见，而蹈兹覆辙也。

国之今日必不能与世界大势相违

波特塞得，为埃及海口，其街名则亚剌伯文、法文并用。盖运河初成之日，其地在法国势力范围内也。鬻于肆者，土货只有纸烟、鸵羽及极粗之绣画，其他则日本之漆器、瓷器、绣货、雕牙、羽扇，印度之织物、银器。而吾国所产，则仅有广东之小银器而已。吾国工商，全无世界

埃及港口多日本货

思想，对于日本，能无自愧！

我工商无世界思想

市中权物轻重之器，与吾国所谓天平者，毫无殊异。然只用以权所售之物，而非用以权货币也。

大风扬尘，秽气触鼻。市人推只轮小车，售面食，蝇集其上，挥之不散。沿街售冰水，手两铜钵，相击作声，何与吾京都相似也！

市中有回教礼拜堂，建筑亦闳大。余往观之，及门，门者以履垫进，著而后入。前吾至柔佛回教礼拜堂，亦先脱履，盖回教人以圣地庄严，不欲污以泥滓也。居民至者，辄易衣盥手，而后瞻拜。或全身俯伏，或旋起旋跽，或直跽不移。对越之诚，迥出释、耶二氏之上。曩过苏彝士时，有小艇傍余舟而泊，日将落时，其舵工急步至舟尾，望东南方，行拜跪礼良久。吾徐思之，盖其所对之方向为麦加也。回教入人之深，固如是夫！

进清真寺须先脱鞋

余至英国邮局寄信，对门即为法国邮局。埃及半主，他人得于其国举办邮政，固无足怪。吾国各租界内，外国亦遍设邮局。吾苟欲保此完全自主之权，安可任其自由耶！英邮局信面所用者，乃为埃及邮票。（法邮局如何，余未知之。）而在吾国境内，则悉用其本国邮票，是视吾国犹不如埃及也。可耻也夫！

舟既启碇，出运河口，沿堤岸行。堤长三四里，突入地中海中。堤尽处有赖赛朴斯铜像，临流峙立，过其下者辄瞻望不置。盖运河之成，功在万世，赖氏艰难缔造，固宜受众人之崇拜也。

赖氏铜像

英工商业邮电两局

既抵英伦，舟徐徐行泰姆斯河中。往来船舶，衔接而进。两岸烟囱林立，煤气障天。甫入境，已惊其工商业之盛矣。关吏登舟，随舟前进；邮卒继至，以信件分授旅客。电局所雇童子，服制服，手铅笔及电报纸，遍询客发电报否。书数字与之，即给收据取报费，转瞬已登岸发寄矣。凡人远适异国，每至一地，无不欲急得家书。而久客还乡者，去家弥近，归思弥迫，亲朋之盼望亦弥殷。际此之时，彼此得速通音问，宁非事之至快者！英国邮电两局，乃能体贴至此，吾国人之司此事者，宜知所取法也。

自由贸易关政宽大

泊舟后，乘客尽取行李置舱面。关吏有未至者，乃坐而待之。行李非经检验，无关吏白垩花押，不得登岸出关门也。关吏检验时，词气至为温和，历举应税之物询客。若茶、若烟、若酒、若香水，客各报明有无及所携之数，未及额，亦不税也。有时亦令启箱箧复验，然稍一探视即止。盖英为自由贸易之国，故关政偏于宽大，而烟、酒、香水所以取税者，以其为奢侈之品；而吾国茶叶，则恐其侵夺印度之产，故亦不能免税也。

附录一　环球归来之一夕谈（1911年1月21日）

海盐张菊生先生名元济，上年二月间到外国去游历。从上海动身，历览南洋各岛，即到欧洲。在英国上岸，再由英到欧洲大陆，至比利时、荷兰、德意志、奥地利亚、匈牙利、瑞士、意大利、法兰西等国，共五月有馀。在欧洲游毕，然后渡大西洋而入美洲，由东而西，又阅月馀。在旧金山乘舟渡太平洋，经过日本，又在日本住半月，归至上海，适环游地球一周。张君之朋友开会而欢迎之，并公宴之于一品香。记者亦预会听其演说，颇有感触。归来用笔记之，以供未游者之一读。

游历总纲

我自宣统二年二月初七日从上海起程，经厦门，过了

游历过程

香港和新嘉坡等处，便进马来海峡。船沿马来半岛海岸向西而去，途中又经过丁司活南、槟榔屿两个埠头，入印度洋。经过锡兰岛的通商埠头可伦坡，便是亚丁。进了红海，接连又是人工开通的苏彝士运河。河的东岸还是亚洲地界，西岸就是非洲地界了。走完了运河，有一口岸，名叫波特塞得，过此便是欧洲了。进了地中海，沿着南面行去，过直布罗陀，船又进了大西洋。沿着海岸，向北直行，到了英国的都城伦敦。然后弃船上岸，住了一月有馀，又到爱尔兰，至都伯林、贝尔法斯德两处一游。再回伦敦，从多汶地方渡过英伦海峡，到了比利时的海口俄斯坦德，即前往不鲁舍拉一游。不鲁舍拉是比国的都城。比国的外省亦到了好几处。由比利时到荷兰，住在海边，地名叫什文宁根。所到过的地方为他的京城海牙和什戴姆、鹿特丹、亚摩斯德登三个大城。过后又向德国去。先到他的京城柏林，以后又到勒不士格、德勒斯登两处。更向东南方走，即入奥地利亚国。在巴拉加游览一过，就望他的京城维也纳去。于是顺着欧洲中央的一条大河，名叫多瑙的，到了匈牙利国的京城布达佩斯。我在欧洲东游的路从此而止。又从布达佩斯回转，重到维也纳，往西到音斯不罗各，又入德国境。在慕尼克游了一回，更向南行去，便是瑞士国了。瑞士国的湖光山色，欧洲所重。我到过他的苏黎世、卢苏尔拿两处。又到意大利国去，经过米兰、威内萨、佛罗稜萨三处，然后到他的京城罗马。又从罗马折向北方，只到热那亚，从此出了意大利，进了法兰西的国境。到了法国，不过在他京城巴黎住下几天，即从加来斯渡了英伦海峡，仍到伦敦。在苏当波敦海口上船，渡大西洋，到北亚美利加洲。在美国纽约上岸，他的京城华盛顿和支克哥、萨克兰缅多等处也都经过。最后到了旧金山，便在那处搭船渡太平洋，过哈瓦连岛的都城和诺鲁鲁。在太平洋走了十馀日，到了日本，到东京一游。又到奈良、神户等处。仍走海路回到上海。从东半球起绕到西半球尽头处回来，恰好走了一周，其时已是十二月十八日了。

我国出洋的苦工

我经过福建省口岸厦门的时节，见有一千多名中国的穷苦人也来搭船，说是到新嘉坡去的。上船时英国的领事官也在码头上查问他们，是否愿往。人人齐声应道是情愿的。但据我看来，这班人既不是商，也不是工，恐怕竟是被人卖做猪仔去的。（记者按：什么叫猪仔呢？是中国人被拐到外国去充当极苦的苦工，不以人类相等，竟是当作个小猪看待。广东土话，称这种人为猪仔。看了这个道路，永远不得生还了。）问船主，船主不肯实说，问管机器的，他道恐怕不免，但是无法可救。后来我到舱里去亲问他们，设法挽回。他们说的多是福建话，我又不懂。更用笔写给他们看，似乎有人在旁边监察，大约是不许他们把实情告诉的意思。我只得罢休了。

出洋苦工所谓猪仔

到了新嘉坡，逢见一个本国人。他道此等猪仔，一年中也不知好多，大家见惯了，倒也不以为奇了。广东人开设猪仔馆的，多在广东。厦门、香港等处亦有他的经理人。他去诱拐人家时，把到外国去营生的事说得如何美满。乡下人谋生不易，见识也短，被他说动了心，自然一心一意跟他走了。及至到了做工地方，眼看得种种苦处，

猪仔苦处

所见的远不如所闻的。心上懊悔，要想赶回来，照猪仔馆的规矩，如要半途退回，须还他盘川银十六元。他来是一个光身，能交得出这笔钱么？只好忍气吞声，叫他做什么，就做什么了。后来总是死了完结。家中父母妻子还盼望他寄钱转来，怎知他早做了他乡之鬼。你道可惨不可惨啊。

新嘉坡的华侨

新嘉坡是属于英国的一个海岛，中国人在该处经商做工的实在不少，街道上尽与本国的风俗无异，有时走了几

所见所闻无非中国

里路，并不见一所洋房。所见的无非中国的器物，所闻的无非中国的言语。有人说南洋群岛尽是中国人的世界。我看起新嘉坡来，这话真一点不错。倘我侨民有自治的能力，再加以国家的保护，何至膏腴之地尽成了白种人的殖民地呢？

我从新嘉坡坐火车，又换船渡过海峡，到柔佛国。柔佛向来是自主的，新嘉坡还是他的属地。当我国嘉庆时候，就被英国人占据了。他的国王号称苏丹，是马来人

种，也曾在英国留学过，也算得一个极开通的人了。

苏丹的宫殿离我所住的客店不过二里多路。我到彼处一游，见他门前亦有洋操的兵，肩着洋枪，算是守护宫门的。所有他的饭室、客座和苏丹办事之室，无一不是洋式。离宫之外有一座极大的花园。柔佛地处热带，四时皆春，加以人工的栽培，但见细草成茵，绿阴似幄。洋式的楼阁更弄影于晴光丽日之下，实在有趣。园中有大殿一所，中为高坛，前安了一张长桌，桌旁置下十把椅，道是苏丹和他大臣议事的地方了。殿上挂着华文的匾额和对联。看他的题款，尽是苏丹登位之时，新嘉坡的华侨送他贺他的。

华侨的赌兴

新嘉坡地方赌禁很严，有喜欢赌钱的都到柔佛国来。最奇怪的，赌客中别国人很少，差不多尽是中国人。市上赌场林立，昼夜不停。新嘉坡的华商闲了没事，都来趁赌。我看见一所最大的赌馆，收拾得很精致，房屋宽大，容得好几百人。听说本年三个月内已经抽得头钱几三万多圆，每月要缴纳八千五百圆与柔佛国，以作税饷。如此如烟馆、妓院、酒馆遍地皆是，都系我华侨开的。自己骗自己的钱，真是可怜。

赌场之中尽是华人

槟榔屿

从新嘉坡开船，走了一日光景，便是槟榔屿。此地亦是英国管理的。中国人在此的也不少。有一个大公园景致极好，各种草木无所不有，故人人称他为植物园。中国人造的庙宇祠堂触目皆是。此等迷信的风俗入人甚深，倘要开通他们，还得要好好的教育。

海岛上的淡水常是难得的，独槟榔屿上所饮的水既是清洁，又是便当。我见了很羡慕。原来此岛多山，半山上飞泉下注，终年不停。就地流下之处开个池子，把水留住了，水自一层一层的放下去，池自一层一层的留住他。池底铺着细沙，水从第一个池重重滤去，流到着末一个，自然滤得很清洁了。到了平地，然后引入管中，分布全市。我国有山的地方，山上也多有涧水。仿着这个办法，极不费事，而有益于地方不小。

引山泉水导入城市

可伦坡的茶叶

可伦坡是锡兰岛的埠头。在南洋群岛处处见中国人，到了可伦坡，竟没有了。西洋人之外，只见印度人和巫兰人。锡兰向来是著名产咖啡的地方，近来改种了茶树，出数甚多。有条铁路从产茶地方通到可伦坡。我国茶叶的卖买，很被他占去不少。

苏彝士运河

将进红海之时，经过一个埠头名叫亚丁，本是属亚剌伯国的，现在被英国人占住，在此驻兵屯煤，扼住红海之口。过了红海，接连就是苏彝士河。河身阔狭不齐，但大段是狭的，最阔处不过三十来丈。此河虽在埃及国界内，却是归英人管理，来往船只都要纳船钞。大约每载重一千吨，要收船钞五百磅（约合龙银五千圆之数），也算贵极了。轮船走得极慢，故土人亦可在岸上跟着船走，向船客乞钱。这是非洲的黑种，光着身子，不以为耻。地当热带，文化又低，他们有生以来并不知衣服为何物。我真到了裸壤之国了。

运河

裸壤之国

波特塞得

波特塞得是苏彝士河与地中海中间的口岸，名为埃及的地方，实则主权久已不属。我到岸上游行一周。墙上标的地名有英文，有法文，和我们上海的地方一般，街道污秽，沙尘蔽日，甚是不堪。海口造了一个雷赛的石像。雷赛是第一个开凿苏彝士河的工程家，是个法国人。

伦敦的中国古书

中国古书陈设伦敦

我在伦敦居住最久，可记的事也不少。最刺心的是我们一千多年前的古书竟陈设在伦敦的博物院中。

两年以前，我们国里哄传有个法国人在甘肃敦煌县石洞之中得了许多古书去。（洞中古书还是宋朝西夏时候避难之人藏在洞中的，一向没人知道。光绪二十七年被人发现。中国人得的很少，十之八九却被外国人得了去。）没人知道被英国人得的也不少。原来法人伯希和没有到敦煌以前，先有英国人名叫史泰音的在我西北诸省游历多年，略略懂些中国的言语文字，常在新疆一带游历。中国古物埋在沙中的，都被他得了。敦煌石洞里的东西是他先访着了，如今陈设在伦敦最大的博物院中。我去看过。汉朝人写的木简，唐朝人写的、刻的书画，都不少。你道可贵不可贵呢？还见汉朝西域国王所盖的泥封木印，还有汉朝人用的木尺，都是史泰音在新疆得到的。

英国人忠君的心肠

英皇病死全国哀悼

我在英国的时候，刚逢英国前皇病重。伦敦百姓个个愁眉不展，和自己家里有了害大病的人一样。报纸上天天都是论英皇病状的新闻。贵族中人，自然可以入宫问病。寻常人却不能，都在宫门外问询。因此侍病的医生每隔了几分钟，便把英皇的病情写在牌上，挂在宫门前，让众人看去。这个地方人山人海，竟拥挤得了不得。国丧的第一日，穿孝的人还不甚多。三日之后，伦敦街上来来往往的，没有一个不是换了黑领带和黑衣了。出殡的那一天，有许多欧美各国的君主亲来送葬，都是骑着马在灵柩后走。美国总统因为病着，所以坐了马车。中国专使大臣涛贝勒也坐着马车去送的。英皇出殡并无别种仪仗，也无别种礼式，不过尽是兵队罢了。

比利时的博览会

我在比利时国之时，刚遇着他京城举行博览会。中国商人也有去的。赛会一事原是推广本国制造品最好的机会。我先到各国的赛会场，所陈设的无一不新奇夺目。匆匆一过，也形容不尽他的好处来。以为我国出品，自然不能及他。但苏杭的绸缎、景德镇的磁器、南边各省的丝茶，也是世界上数一数二的。此外如旧时精制之物、近来仿造之品，也有好的。陈设起来，很可推广我国的商业。那知我到中国会场内一看，所有赛品种类既少，并且没有一件是上等的。出品人赴赛之时，好像先存下一个胡乱塞责之心，真是可怪。加以陈设之时散乱无法，愈显得品物恶劣。来看的人个个乘兴而来，败兴而去。稍稍出色的，只有从巴黎来赛会的中国豆腐公司一家。（大豆俗称黄豆，东三省产的最好，不但可制豆油及豆腐，他的浆可以

博览会上中国赛品类少质次陈设散乱

制酪代牛乳，磨碎成屑，可以制粉代点心，滋补力极大。巴黎豆腐公司所出的物品消场甚好。因此目下东三省的大豆亦很出名。）

荷兰国的北海口

荷兰国的京城名称海牙，万国和平会设立于此。离海牙十里远近有个海口，名叫什文宁根，风景最好。我就寓居彼处。游人甚多，喜欢就海水洗浴的，便可走到北海里去洗澡了。

德意志比利时两国的教育

德国的京城柏林，又整齐，又壮大，真有欧洲人赞他大国民之家的气概。但我此次游历最注意的是学堂，而小学堂尤为格外注意。小学堂以德意志和比利时两国办得最好。

德国京城柏林城内柏林一区（柏林城内共分做十馀区，柏林一区是其中之一。）国民补马教育费每年开支至一百万马克之多。（约合中国银钱四十万圆。）学生在义务教育八年已满之后，更就补习教育。这项教育亦受政府的强迫，人民不能不去的。三年毕业。此等补习学堂功课，分至一百又二门。我今不能细说，约略言之，则有铁工教育、邮递教育、鞋工教育等。甚至当茶房小使的，亦

补习教育

有茶房小使的教育。教法皆注重理论。如铁工则先教他铁的历史和出产的地方，邮递则教他本国的邮政制度、外国汇兑的规则，鞋工则教他人足构造的理由、足有病的模样和各种皮的来历、用法。

比国小学堂中有专门教劣等学生的。此等学生另分一班，教法也和寻常学生不同。我去参观之时，见劣等班正在堂中上课。学生对教习坐着，教习吩咐他们闭了眼睛，教习就身上穿的衣服暗暗改换少许，便叫学生张开眼来，问道："我身上比先前有什么改换的情形?"学生定睛细看，回说没有，教习叫他再看。如此数次，才有一个学生道："教习的衣服改换了。"劣等生最初的教法大约都是这个样子。再进一步则教他们用眼睛辨别颜色，用耳朵辨别声音，用手指试验软硬。寻常的教科书，他一概用不着的。 劣等学生教育方法

奥国的今皇

我到奥国之时，刚值奥皇八十岁的寿辰。国人因为奥皇生平好猎，趁着这时候在维也纳京城内开了一个打猎会，非常的欢喜热闹。奥皇兼管匈牙利国，照例是半年住奥，半年住匈，甚得民心。所以两国人民都极敬爱他。

匈国人遇同种的感情

匈牙利人
匈奴遗种

匈牙利人是我汉代匈奴的遗种，现在立国于多瑙河边。都城名布达佩斯，气象很觉阔大，也算替我黄人生色了。他们不忘其先，看得亚洲是他们的旧家，见了亚洲人也很亲热。他们对我道："敝国现在虽然极力自强，抵挡白种人的势力，不过醒悟太迟，事便难做。"他们还这样说，我回想到中国的情形，真不可说了。

多瑙河好比长江

我从维也纳到布达佩斯，是走多瑙河的水路。多瑙河上到处有古迹，有城镇、乡村。河中往来船只昼夜不断，可比我们的长江。不过长江的上上下下都是属于一国的，多瑙河还没有长江那么长，倒分了四、五国的境界。

意大利

我向西去，到了瑞士国。瑞士是个阿尔卑斯山中的小国，湖山环绕，景致最好。从瑞士走铁路，先到意大利国的北境，游了米兰和威内萨两处。当元世祖时，欧洲人第一个来游历中国的马可波罗，便是威内萨人。最后便到他京城罗马去。罗马的街道甚不整齐，亦不洁净，一切情景颇与我们京都相似。赌钱的风气极盛。由政府定立章程，准他开赌，每星期内开彩一次，政府重重抽他的税，作为补助教育的经费。现在南境各省竭力振兴学堂，预算三年之内，预备八百兆佛郎，大约赌税是一大宗。现在意大利国内，南方不识字的人，十成中还有四成，北方不识字的人，十成中倒有七成。三年之后，必然大有进步了。

征收赌税补助教育

罗马的盲女学堂

我在罗马，去看一个盲女学堂。女学生排班来迎，并献祝词。末后几句道："愿先生回国之后，竭力开设此种学堂，以教贵国之盲女。果如此，则不但贵国之苦同胞受益，并我辈也感祷不尽。"我听了很觉难受。

盲童祝词令人难受

科仑布的故乡

我从罗马向北，到了热那亚。这是第一个证明地圆，渡过大西洋，寻得南北美洲的科仑布之故乡。我并且访他的故居，徘徊片刻而去。

巴黎的中国古书

英人史泰音先在我们敦煌县石洞里得了古书，运到本国，被法国一位博士名叫伯希和的知道了，也亲到敦煌游览，步他的后尘，从一个老道士手里得了许多。听说不过费了二三千圆。伯希和对我说："老道士在石洞里把这些破纸起了出来，并不当他是个宝物。如我不去，恐怕就要被他烧毁了。"

我到了法国的京城巴黎，便去访伯希和，邀他同我到图书馆内去看。他们看得这些古书很郑重，不轻易许人去看的。我见敦煌来的古书陈设了几大间屋子，都用镜架镶好了。每一卷子用一个木匣，挨次藏着，其馀没有理清的还堆在桌上，我没见过。记得有一种唐人写的《论语》，翻阅几页，和现在的本子多有不同，可惜没有工夫细看，看也看不得许多。我已经同伯希和商量停妥，陆续照了相寄回中国，将来还要设法印出来，请大家赏鉴。

中国古书照相寄回

美国的纽约

我离了巴黎，重返英国。便从苏当波敦海口上船，渡大西洋，向美国去了，在纽约上岸。纽约的繁盛，自不必说。他的市房，竟有高至数十层的。

美国的幼儿审判所

童子犯罪，理当另有一个办法可以保全他的良善天性。欧洲各国尚没有幼童审判所，只有美国已经成立。我去参观了，很为感动。警察带了一个年约十岁以外的童子

美国幼童审判所

来，对审判官道此童偷人家的马鞭。审判官变了很和气的面目，问这童子，因没有证据，即时开释了。另外又有一个幼童，人家告他偷鸽子。审判官知道他已是第二次犯案了，也满面和气的低声问他。童子回说："这是旁人教我偷的，并不是我的主意。"审判官驳他道："我前次教你不要偷，你不肯听。他人教你去偷，你倒听了。你不错了主意了吗？"幼童登时泪流满面，官便判他到幼童犯罪学堂里去读书改过。这个幼童审判所设在纽约城中一条最热闹的街上，房屋却是极小的。

纽约的幼童犯罪学堂，我也去看过，办得十分精密。我看幼童在学堂里照常上课，和寻常学生一样，并他自己也不觉得身在犯罪学堂里。（幼童犯罪学堂）

华侨之学堂

凡中国人在外国自办的学堂，我也留心查访。南洋群岛和美国，我国侨民最多，都有学堂学习祖国文字。然教授管理等事都不能十分满意，其原因在于不能多得好教习。（华侨学堂）

今晚所说的甚为粗略，不足供诸君一听。过了几时，我还要详详细细将我游历时的见闻和各国初级教育、贫民教育的办法写出来，请教请教。

（原载《少年》杂志，宣统三年第二、三期）

附录二　张菊生之教育谈（1911年6月29日）

寰球中国学生会初四晚之演说，方届八时，张菊生惠然莅止，先由名誉会长伍秩庸布告开会大旨，张君登台谓："鄙人去年由海道至英、德、法、比、意各国，复返至英，为时甚促。本非专往调查学务，且中等教育以上程度甚高，亦非浅识所能考见，惟留意于小学教育一方面。承贵会不遗浅陋，敢述所见，以质高明"云云。乃演说两时之久，座客咸鼓掌而散。兹录其演说大旨如下。

西国小学校教科大旨与中国相同，亦以国文、历史、地理、格致为目。唯修身一科，重在教宗。今学部新章，初等教育不用历史、地理，然中国疆域广大，非若欧洲各国简而易明，岂可少此一科？国人迷信之深，非格致之学不能破，则此科亦似不可少也。中国人轻视工作，谓为下等人所为，实则不然。余见西国各小学校，每兼教金工、木工等事，校舍、校器辄能自行修造，不烦匠作，盖于小学教育之中兼有实业教育之意，无非使学生将来皆有实用。又如泅水一事，中国人视为险事，而西国学校每兼习此科，中国亦当仿行。凡校舍逼狭，学生太多者，常虑火患，故亦以时演习。有某校教师特以演试之法示余。但闻号钟一鸣，不及三分时而全校学生一律肃然出队，预备救火，实足以令人惊讶。各校教课有口授而不用教科书者，尤可惊。比如教地理，则手握泥料之类，随其口授所至，造为山水高下，种种形势宛然唯肖，即令学生依样仿造。其教动物、植物之类，亦用此法，随其所讲之种种形象，造为模型。余曾见课桌上置一田鸡，形状宛然，询知为最幼学生之所作也。又如教生理学，则排列种种小模型，随所讲而指明内部、外部结合之形，动静之状。曾见有一师问学生云："顷尔等膳毕而来，试言食物如何而咀嚼消化乎？"学生不能答，教师即以口齿利用之术发明之，又以模型指明其入胃消化之形象。凡若此类，皆可法也。 实物教学

西国各学校对于学生每有特别之待遇，比如贫苦子弟食力不给者，校长查得实验，则为之特别给餐。又如学生之父母素有不良之习惯者，则虑学生渐染恶习，有特别留住校中之例。各国中、小学校，随地皆有，触目皆是。虽极贫子弟，形状不洁者，亦无不入学肄业。其学校规模，随宜布置，绝无铺张侈饰之象。返观吾国，每县有小学堂若干所，每一所年费数千金，非绅富有力之子弟，无望入 特别学生特别待遇

校肄业。然则教育所及，仅被于贵族、富族，而贫民皆无由造就，岂非与西国太相反耶？从前余在乡间尚见私熟、训蒙馆教授贫民子弟，今则蒙馆渐尽，贫民识字读书者愈少。国家教育之缺点唯赖社会教育有以补之。愿在座诸君注意于贫民教育，则鄙人之所望耳。

补习学堂法良意美

西国别有一种补习学堂，法良意美。凡受教育，毕业后有何种学科不足用者，仍可入校补习。每日课时甚短，教法种种不一。或有食力子弟不能多识字者，亦可入此校专习识字，是亦中国所当取法也。西国女学甚多，教法亦不一。美国则男女学生几无分界限。德国则分别甚严，小学校男女同校者，出入各别门户。则以风俗习惯种种之不同耳。美国各小学教科大都皆女教师担任。各国女子教育皆极注重，中国尤当取法。西国之盲哑学堂尤为中国所罕见。每闻盲哑并称，实则教哑倍难于教盲。曾见其教盲之法，教师以针刺纸孔为字形，令盲生以手抚纸，辨其字形。其学科尤以音乐、算学为重要。其教算学之法，有铜版刻为整齐之小孔，可任意插入圆钉于其中，令盲生以手抚之，即能辨为何数。又教盲生书、图，亦以多针钉纸上作方圆种种之状，复以一线连之，令盲生依线画成各式。并能教盲生打字，旁立一人读之，盲人即能依声认字，打字无误。闻法国有一盲学堂，善于教工作，每年盲生工作所得约值十万马克，洵可惊之事也。余在意大利国往观一盲学校，有学生闻余在旁参观，乃手写一纸以畀余，略谓世界受苦之人，盲聋为甚，亦唯盲聋人能知盲聋人苦状。

西国盲哑学校中国罕见

今蒙张君惠观本校，因念张君之祖国中，亦不少哑聋之同类，但愿张君返国后设法启迪盲学，亦吾侪同类之幸福也，云云。余本不解意大利文字，因有友人以英语转详示余。盲生之见解如此，实令人嘉尚无已。从前唯闻教哑之法以手指屈伸为记号，现用吹气之法，以手按口、鼻、心、胸各部，变真声气为记号，可以彼此通话。将来教哑之法，其巧妙必能使哑人为言语，实可惊矣。夫教盲教哑为以道德之盛举，亦国家之名誉。返观中国，盲、哑除教会设立外，无一学校，亦一缺憾。

德国又有一种残疾学堂专教残废之人，缺足者则为之装一足，又有各种器械使残疾之人用之得以屈伸动作，又有法能使残废之一部分逐渐发舒长成，足以弥造化生成之缺憾。此种教育实为最大之慈善事业。试回想吾国残废之人感慨何如？ 残疾学校最大慈善

体操为最要之科，尝观西人年至五、六十岁犹能振作精神，按时任事，而吾国人年至四、五十已觉渐衰，盖由于无体育。今当振兴国民教育之时，尤当仿其种种教授法暨其简易之法，以期普及。此外所见，如图书馆、博物院随处有之，皆有俾于补助教育。余见各国每逢星期，则学堂教师率其学生群集于其中实地研究，故其教育进步愈远。中国力不能广设，亦当酌量仿行，其有俾于社会者非鲜也。

（原载 1911 年 7 月 2 日、7 月 4 日《神州日报》）

附录三　致沈曾桐（子封）

子封老前辈大人阁下：

以印度洋最为平稳

春间道经羊城，获聆教诲，欣幸无似。别后海程一月有半，始达英伦。其中以印度洋为最平稳。每日登船头，观飞鱼游跃。向晚日落，馀霞成绮，尤为奇景。入红海后，气候极凉，渡苏彝士时，夜半须披重裘，迥异乎昔之所闻也。欲至开罗不果，在坡赛登岸。道逼不可行，知埃及之不国矣。地中海无异大洋，欧人谓波蓝天蓝，其语诚信。过支布洛达适当夜半，然两岸灯火相望，偷渡不易，英人设险守国，真不可及。舟出大西洋，经比司开海湾，波涛极恶。然元济起居一如常时，亦大幸事。

地中海无异大洋

至荷兰

先绕道至荷兰，抵安蒙士达丹。舟行运河间，凡九十里。舟人云四十年前此运河之地皆海也，今皆为腴田矣。友人谓荷兰人能造造物所未及造成之地。荷兰人闻之，亦甚自负也。至海牙游一故宫，中藏吾国绣货雕器极多，云系纯庙赠彼国君者。荷兰通中国最早，事当不诬。访平和宫，版筑方兴，未能入观，殊以为憾。

至伦敦遇英王之丧

到伦敦后，不数日即遇英王之丧。先一日，元济偶经其宫门，见民人之踵门问疾者，络绎不绝。医官频频宣布病状，闻一凶讯，则嗟叹之声相续。立宪国君民之相亲，固如是乎！彼方国丧，游观不便，故先往爱尔兰。爱岛故号贫瘠，然其都城之大学有学生至千二百人。贝尔法士某船厂能造世界最大之舰（济曾往观，闻能载重四万五千吨），则亦未可轻视。

仅言兴学学不能兴

英行强迫教育，仅二十馀年。元济专考其初级教育之事，乃知仅言兴学，学固不能兴也。财政、警察、交通，无一事不相联者，未知何日吾国始能几及，为之浩叹。

旬日后即赴比国，观博览会，然后至瑞士避暑。天气稍凉，尚欲至罗马一游也。拉杂书此，言不尽意。敬承起居。

馆侍生张元济拜。宣统二年五月十八日

环游谈荟

译名简释

四画

支克哥

Chicago　芝加哥

不鲁舍拉

Brussel　布鲁塞尔

巴拉加

Prague　布拉格

五画

可伦坡

科伦坡

卢苏尔拿

Luzern　卢塞恩

史泰音

今译作斯坦因

六画

亚剌伯文

阿拉伯文

亚摩斯德登/安蒙士达丹

Amsterdam　阿姆斯特丹

九画

俄斯坦德

Oostende　奥斯坦德

音斯不罗各

Innsbruck　因斯布鲁克

十画

泰姆斯河

泰晤士河

十一画

勒不士格

Leipzig　莱比锡

十三画

锡兰

斯里兰卡

十五画

德勒斯登

Dresden　德累斯顿

走向世界丛书一百种

初编三十五种以＊标出

谢清高 海录
＊ 容　闳 西学东渐记
＊ 林　鍼 西海纪游草
＊ 罗　森 日本日记
＊ 斌　椿 乘槎笔记
＊ 张德彝 航海述奇
＊ 王　韬 漫游随录
＊ 志　刚 初使泰西记
＊ 张德彝 再述奇（欧美环游记）
＊ 张德彝 三述奇（随使法国记）
王　芝 海客日谈
＊ 祁兆熙 游美洲日记
＊ 李　圭 环游地球新录
＊ 郭嵩焘 伦敦与巴黎日记
＊ 张德彝 四述奇（随使英俄记）
＊ 黎庶昌 西洋杂志
＊ 刘锡鸿 英轺私记
李凤苞 使德日记
钱德培 欧游随笔
＊ 何如璋 使东述略及杂咏
＊ 张斯桂 使东诗录
黄遵宪 日本国志
＊ 黄遵宪 日本杂事诗〔广注〕
陈兰彬 使美纪略
＊ 曾纪泽 出使英法俄国日记
＊ 王　韬 扶桑游记
＊ 徐建寅 欧游杂录
谭乾初 古巴杂记
王之春 谈瀛录
＊ 李筱圃 日本纪游
池仲佑 西行日记
蔡　钧 出洋琐记
袁祖志 瀛海采问纪实
张祖翼 伦敦竹枝词
王以宣 法京纪事诗
潘飞声 西海纪行卷
潘飞声 柏林竹枝词
潘飞声 天外归槎录
张荫桓 三洲日记
邹代钧 西征纪程
王咏霓 道西斋日记
张元济 环游谈荟
余思诒 楼船日记
缪祐孙 俄游汇编
张德彝 五述奇
＊ 傅云龙 游历日本图经馀记
傅云龙 游历美加等国图经馀记
洪　勋 游历闻见录
崔国因 出使美日秘国日记
＊ 薛福成 出使英法义比四国日记
＊ 薛福成 出使日记续刻
陈道华 日京竹枝词

严　修 **东游日记**

姚鹏图 **扶桑百八吟**

凤　凌 **游馀仅志**

* 黄庆澄 **东游日记**

吴宗濂 **随轺笔记**

宋育仁 **泰西各国采风记**

王之春 **使俄草**

伍廷芳 **美国视察记**

* 蔡尔康等 **李鸿章历聘欧美记**

张德彝 **六述奇**

刘学询 **考察商务日记**

黄　璟 **考察农务日记**

罗振玉 **扶桑两月记**

罗振玉 **扶桑再游记**

丁鸿臣 **东瀛阅操日记**

沈翊清 **东游日记**

* 梁启超 **新大陆游记**

张德彝 **八述奇**

载　振 **英轺日记**

吴汝纶 **东游丛录**

双　寿 **东瀛小识**

缪荃孙 **日游汇编**

周学熙 **东游日记**

* 单士厘 **癸卯旅行记**

凌文渊 **籥盦东游日记**

张　謇 **癸卯东游日记**

蒋　煦 **西游日记**

王景禧 **日游笔记**

陈　琪 **环游日记**

* 康有为 **意大利游记**

康有为 **德意志等国游记**

康有为 **英国游记**

* 康有为 **法兰西游记**

韩国钧 **实业界之九十日**

李濬之 **东隅琐记**

盛宣怀 **愚斋东游日记**

* 戴鸿慈 **出使九国日记**

金　鼎 **随同考察政治笔记**

* 载　泽 **考察政治日记**

程　淯 **丙午日本游记**

康有为 **西班牙等国游记**

杨泰阶 **东游日记**

文　恺 **东游日记**

左湘钟 **东游日记**

吕珮芬 **东瀛参观学校记**

* 林汝耀 **苏格兰游学指南**

* 单士厘 **归潜记**

金绍城 **十八国游记**

附 艾儒略 **职方外纪**

附 南怀仁 **坤舆图说**

附 丁韪良 **西学考略**

附 艾约瑟 **西学启蒙**

图书在版编目(CIP)数据

道西斋日记/(清)王咏霓著;刘柯等校点. 环游谈荟/张元济著;
刘柯等校点.—长沙:岳麓书社,2016.9
(走向世界丛书/钟叔河主编)
ISBN 978-7-5538-0641-9

Ⅰ.①道...②环... Ⅱ.①王...②张...③刘...
Ⅲ.①日记—作品集—中国—清后期②游记—作品集—中国—现代
Ⅳ.①I265.2②I266.4

中国版本图书馆 CIP 数据核字(2016)第 178640 号

DAOXIZHAI RIJI HUANYOU TANHUI

道西斋日记·环游谈荟

作　　者:王咏霓　张元济
校 点 者:刘　柯
责任编辑:杨云辉
责任校对:舒　舍
封面设计:吴颖辉　贺红梅

岳麓书社出版发行
地址:湖南省长沙市爱民路 47 号
直销电话:0731—88804152　88885616
邮编:410006
岳麓书社网址:www.yueluhistory.com

2016 年 9 月第 1 版第 1 次印刷
开本:890×1240　1/32
印张:5.125
字数:114 千字
印数:1—3 000
ISBN 978-7-5538-0641-9
定价:30.00 元

承印:长沙超峰印刷有限公司

如有印装质量问题,请与本社印务部联系
电话:0731—88884129